KB232841

사르비아총서 · 622

헤세의 명언

헤르만 헤세 지음 / 최혁순 옮김

범우사

차 례

어린 시절부터 내면에 너무나도 대립되는 두 개의 혼을 품고 그 갈등으로 괴로워해 온 헤세는 상식의 규범이라는 틀을 벗어나 '아웃사이더', '고독자', '혼자 가는 사람' 임을 자처하며 스스로 괴롭고 위험한 삶의 길을 택하여 걷기 시작하였다. 그 결과로서 세상에 진정한 한 사람의 시인이 태어났음은 헤세와 그의 작품을 사랑하는 사람이라면 누구나 다 알고 있는 사실이다. 그는 처음에는 서정성이 농후한 신 낭만주의적 작가로서 출발하였고, 작품을 통해 줄곧 인간 존재의 근원에 도사리고 있는 이원성(二元性)과의 대결, 서유럽 문명에 대한 회의와 비판, 신비로운 동양의 정신 세계에 대한 동경과 탐구, 영혼의 자유와 인간성의 고귀함을 잃지 않으려는 노력을 기울여 왔다. 이러한 그의 작품에서 삶에 대한 절망과 그 절망으로부터의 구원, 자아 해방, 운명과 정신과 신(神)과의 합일(合一) 등의 문제가 진지하게 다루어지고 있음을 보게 되는 것은 당연하다 하겠다. 우리는 그의 작품에서 작가 자신의 정신 세계, 그 정신의 흐름과 변천 과정을 읽을 수 있다. 그러므로 헤세 자신과 그의 작품을 따로 떼어서 생각할 수 없는 것이다.《데미안》,《싯다르타》,《황야의 늑대》등의 소설을 비롯하여 시와 평론·에세이·서간문 등에는 이의 절실한 체험이 녹아들어가 있기 때문에 인생의 근원적인 여러 문제로 고민하는 독자들의 심금을 울리는 것이다. 이 책은 이러한 그의 여러 소설과 시·수상(隨想)·서간문 등에서 자연·인생·정신과 사상·행복·삶과 죽음 등등 인간의 근원적인 문제에 관한 것들을 테마별로 뽑아 정리했다. 여러 사람들에게 애독되며 그들의 마음을 감동시키고 공감을 불러일으킨 명구(名句)들을 모은 것이다.

　따라서 독자는 이 책 한 권으로 헤세 정신의 주된 흐름, 즉 햇세의 작품들 속의 일관된 흐름을 조망해 볼 수 있을 것이다.

옮긴이

헤세의 명언

자연과 방랑

자연

하나의 꽃잎 혹은 길 위에 있는 한 마리의 벌레가 도서관의 모든 책보다 훨씬 더 많은 것을 내포하고 있다.

'나르치스와 골드문트' 에서

많은 사람들이 입으로는 "자연을 사랑한다"고 말한다. 그것은 때맞추어 자연이 제공하는 즐거움을 맛보기를 사양하지 않는다는 의미이다. 그러나 야외에 나가서 지상의 아름다움을 예찬하고는, 목장을 짓밟고 꽃이나 가지들을 잔뜩 꺾어서는 곧 다시 버리거나 집으로 가지고 돌아와 시들어 버리게 만든다. 이런 식으로 그들은 자연을 사랑하는 것이다. 그리고 일요일, 날씨가 좋은 때면 이런 자연에 대한 사랑을 생각해 내서, 본래 인간은 '만물의 영장' 이므로 그럴 필요가 없음에도 새삼스럽게 자기의 선량한 마음에 감복하는 것이다.

'향수' 에서

꽃은 덧없이 아름답고, 황금은 빛남이 없이 권태로운 것처
럼 자연의 생명의 모든 운동은 덧없이 아름답고, 정신은 빛
남이 없이 권태롭다.

'요양객'에서

봄날

숲에는 바람, 작은 새의 피리
온화한 창공 높이높이
조용하고 자랑스런 구름의 배…….
나는 금발의 여자를 꿈꾼다.
나의 청춘 시절을 꿈꾼다.
푸르고 끝없이 높은 하늘은
동경의 요람
그 속에 나는 마음 편하게,
행복하게, 따뜻하게 눕는다.
어머니의 팔에 안긴
아이와 같이.

가을날

숲 언저리가 금빛으로 탄다.
나는 혼자서 길을 간다.
사랑하는 사람과 둘이서
몇 번이나 걸었던 이 길을.
이렇게 좋은 날에는
오랫동안 기다리던

기쁨도 슬픔도
먼 안개 속으로 날아가 버린다.
농부의 아이들이
들불의 연기 속에서 뛰어다닌다.
아이들과 어울려서
나 또한 노래를 부르기 시작한다.

자기의 생애든 남의 생애든 회고한다는 것은 언제나 가을
에 어울린다. 역사라는 것은 가을의 것이고, 추억 또한 가을
의 것이다.

'가을의 체험'에서

우리들의 영혼에 있어서 박명(薄明)만큼 자극을 주고, 수
확을 가져다 주는 것은 없다.

'관찰(觀察), 일기'에서

어린아이 적부터 나에게는 언제나 즐겨 자연의 기괴한 모
양을 바라보는 버릇이 있었다. 그것은 관찰하는 것이 아니라,
그 모양의 독특한 매력이나 그 모양이 나타내는 구불구불하
고 심오한 언어에 몰두하는 것이었다. 길고 목질화(木質化)
된 나무의 뿌리, 색채가 있는 돌의 무늬, 물 위에 떠 있는 기
름의 모양, 유리의 금 —— 이런 것들이 가끔 나에게는 커다
란 매력을 느끼게 했다. 더구나 물 · 불 · 구름 · 연기 · 먼지,
특히 눈을 감았을 때에 보이는 색의 소용돌이가 그랬었다.

'데미안'에서

"당신은 시인이군요" 하고 소녀는 말했다. 나는 얼굴을 찌푸렸다. "그런 뜻으로 말씀드린 것은 아닙니다" 하고 그녀는 계속해서 말했다. "당신이 소설 따위를 쓰고 계시기 때문은 아닙니다. 당신이 자연을 이해하고 사랑하고 계시기 때문인 것입니다. 나무가 바람에 흔들리고 있거나 산이 햇빛에 빛나고 있다고 해서, 그런 것이 다른 사람들에게 무슨 의미가 있겠습니까? 하지만 당신에게 있어서는 그 속에 당신이 함께 살아갈 수 있는 생명이 있는 것입니다."

'향수' 에서

나는 일대 걸작을 만들어서 오늘날의 인간에게 위대하고도 묵연한 대자연의 생명을 알리고, 또한 그것을 사랑하도록 만들고 싶다고 염원하고 있었다. 나는 사람들이 대지의 심장의 고동에 귀를 기울여서 전일(全一)한 것의 생명에 참여하는 것, 자신의 사소한 운명의 항쟁 속에서 우리 자신은 신도 아니고 자기가 자신을 만든 것도 아니며, 대지와 우주라는 전일한 것의 일부이고 그 아들이라는 것을 잊지 않도록 가르치고 싶다고 생각했다. 나는 강도 바다도 흘러가는 구름도 폭풍우도 시인의 노래나 우리들의 밤마다의 꿈과 마찬가지로 그 동경의 상징이고 짐꾼임을 상기시키고 싶다고 생각했다. 그 동경은 하늘과 땅 사이에 날개를 펴고 모든 생명 있는 자의 시민권과 불멸성을 의심할 수 없도록 확실하게 소유하는 것을 지향하고 있는 것이다. 모든 생명 있는 자의 내적인 핵심은 이 시민권을 확실하게 소유하고 있고, 신의 총아이고, 아무런 불안도 없이 영원의 품 안에서 쉬고 있다. 이에 반해서 우리들의 마음 속에 깃들이고 있는 모든 사악한 것, 병적인 것, 타락한 것은 거기에 반항해 죽음을 믿고 있는 것이다.

'향수'에서

산이 하늘을 향해 높이 솟아 있거나, 골짜기가 산들바람도 없이 고요하거나, 자작나무의 노랗게 된 잎이 가지에서 미끄러져 떨어지거나, 새가 줄지어 창공을 날아가거나 하는 모습은 나에게 있어서 언제나 이상하고 불가사의하며, 일상의 그리고 또 인간 정신의 온갖 문제나 행위보다도 한층 매혹적이다. 그런 것을 볼 때 사람의 마음은 영원한 수수께끼에 의해 살며시 사로잡혀서 깊이 부끄러움을 느끼고, 평소에 설명하기 어려운 것에 대해서 얘기할 때의 오만함에서 완전히 벗어나는 것이다. 게다가 거기에 굴복해 버리는 것만이 아니고, 모든 것을 감사한 마음으로 받아들여서 겸허하게 또한 긍지를 가지고 세계의 나그네임을 느끼는 것이다.

'가을의 도보 여행'에서

산이나 호수나 폭풍우나 태양은 나의 친구였다. 그것들은 나에게 여러 가지 일들을 얘기하거나 가르쳐 주었다. 오랫동안 그것들은, 나에게는 어떤 인간의 운명보다도 더 다정하고 친숙했다. 그러나 반짝이는 호수나 슬픈 듯한 소나무나 햇빛에 빛나는 바위보다 더 좋은 것은 구름이었다. 이 넓은 세상에서 나보다 더 구름에 대해서 잘 알고, 나보다 더 구름을 사랑하는 사람이 있다면 한번 만나보고 싶다. 혹은 이 세상에 구름보다 더 아름다운 것이 있다면 그것도 한번 구경하고 싶다. 구름은 희롱이고 눈의 위안이다. 축복이고 신의 선물이다. 분노이고 주검의 힘이다. 구름은 갓난아기의 마음같이 순하고 부드럽고 평온하다. 구름은 행복한 섬 모양으로도, 축복받은 천사의 모습으로도 된다. 협박하는 손과도 비슷하고, 펄럭이는 돛이나 하늘을 날아가는 학으로 변하기도 한다. 구름은 신이 앉아 있는 하늘과 가련한 대지 사이의, 그 어느 편에도 다 속해 있으면서 모든 인간의 동경과 아름다움의 상징으로서 떠돈다……. 대지가 그 더러워진 마음을 깨끗한 하늘에 띄워 날리려고 하는 것은 대지의 꿈이다. 구름은 모든 방랑, 탐구, 욕구, 향수의 영원한 상징이다. 구름이 땅과 하늘 사이에 망설이며 동경하고 저항하면서 자랑스럽게 걸려 있듯이 인간의 영혼 또한 시간과 영원 사이에서 망설이며 동경하고 저항하면서 자랑스럽게 걸려 있는 것이다.

'향수' 에서

나는 언덕 위에 서서 구름을 바라보고 있었다. 구름은 유유히 혹은 잰걸음으로 다가왔다. 혹은 헤엄치고 혹은 춤추면서 왔다. 마치 기적과 같이, 또는 신의 입에서 나온 말이나 노래, 농담이나 위안과 같이. 그리고 구름은 먼 세계를 그리워하며 차갑고 푸른 하늘을 떠돌다가 갔다. 그것은 책에 실린 어떤 노래보다도 아름답고, 더욱 감동적이었다.

'관찰, 해는 저문다' 에서

보게나, 하늘에 무늬를 그리고 있는 구름의 경치를. 처음으로 보면 가장 어두운 곳이 깊은 곳이라고 생각하기 쉽지

만, 이 어둡고 부드러운 느낌이 드는 곳은 구름에 지나지 않
고, 우주의 진정한 깊이는 구름 산맥의 주위나 표르드의 곁
에서 시작하여 무한한 속으로 가라앉고, 그 속에 무수한 별
이 우리 인간에게 있어서 명증(明證)과 질서의 최고의 상징
으로서 엄숙하게 빛나고 있음을 곧 깨닫게 되네. 세계와 그
비밀의 깊이는 구름의 검은 그림자 부분에는 없고, 밝게 갠
밝은 곳에야말로 있는 것이네.

'유리알 유희'에서

희미한 구름
한 조각의 작고 흰
한 조각의 온화하고 엷은 구름이
바람에 날려서 창공을 간다.
눈을 감고 느끼는 게 좋다, 그 구름이
너의 푸른 꿈 속을 하얀 서늘함으로
즐거이 흘러감을.

구름
구름이여, 하늘을 나는 구름이여,
조용한 뱃사람이여,
너는 다채로운 색깔의 엷은 베일로
기이하게도 내 마음을 흔든다.

푸른 하늘에서 솟아난
화려한 세계여,

너는 신비에 찬 매력으로
이따금 나의 마음을 사로잡는다.

모든 지상적인 것을 떨쳐 버린
가볍고 밝고 투명한 거품이여,
너는 죄로 물든 이 지상에
아름다운 향수의 꿈이라도 있는가.

흰 구름
오오, 보라, 흰 구름이 또
표표히 창공을 떠돌아서 간다.
잊혀진 아름다운 노래의
희미한 곡조처럼.

저 구름의 마음은 아무도 모른다.
긴 여로에서 절실하게
유랑의 슬픔과 기쁨을
맛본 자가 아니면.

태양과 바다와 바람처럼
흰 것, 잡히지 않는 것이 나는 좋다.
그것은 고향이 없는 자의
자매이고 천사이기도 하니까.

한층 깊고 엄숙하게 내 마음에 닿는 것은 나무들의 모습이었다. 나는 그 어느 나무나 고독한 생활을 하고 독자적인 형태와 수관(樹冠)을 형성해서 독특한 그림자를 드리우는 것을 보았다. 그들은 산에 연고가 깊은 은둔자나 투사(鬪士)처럼 보였다. 왜냐하면 어떤 나무도, 특히 산의 높은 곳에 서 있는 나무일수록 생존하고 성장하기 위해서 바람과 날씨와 암석과 조용하고 집요한 싸움을 계속하고 있었기 때문이다. 어떤 나무도 자신의 체중을 지탱하면서 달라붙어 있지 않으면 안 되었다. 그 때문에 독자적인 형체가 이루어지고, 독특한 상흔을 받고 있는 것이었다. 개중에는 강한 바람 때문에 한쪽으로밖에 가지를 뻗을 수 없는 소나무도 있었으며, 붉은 표피의 줄기가 암석 주위를 뱀처럼 휘감아서 나무와 바위가 서로 껴안고 몸을 지탱하고 있는 듯한 것도 있었다. 그들은 투사처럼 나를 바라보아 두려움과 존경의 염을 내 마음에 불러일으켰다.

'향수'에서

나무는 언제나 나에게 있어서 가장 마음에 스며드는 설교자였다. 나는 삼림을 이루어 살고 있을 때 나무를 존경한다. 그러나 혼자 외로이 서 있을 때 나는 한층 더 나무를 존경한다. 그러한 나무는 고고한 사람과 같다. 어떤 나약함 때문에 도피한 은둔자 같지가 않고, 베토벤이나 니체와 같은 위대하고 고립된 인간과 같다. 그 나뭇가지 속에서는 세계가 웅성거리고, 그 뿌리는 무한한 것 속에서 쉬고 있다. 그러나 나무는 그 속에서 자기를 잃지 않는다. 그러기는커녕 생명의 온 힘을 기울여 오로지 한 가지 일을 완성시키려고 노력한다.
즉 자기 자신의, 자기 속에 숨겨져 있는 법칙을 실현시켜 자
기 본연의 모습을 완성해서 자기 스스로를 표현하려고 하는
것이다. 아름답고 강한 나무일수록 신성하고, 그 규범으로
삼기에 족한 것은 이 밖에 달리 또 없다. 나무는 신성한 것이
다. 나무와 얘기하고, 나무에 귀를 기울일 줄 아는 자는 진리
를 안다. 나무는 교화도 처방도 설득도 하지 않는다. 나무는
개개의 일에 구애되지 않고, 삶의 근본 법칙을 말한다. 우리
가 슬픔에 겨워 살아가는 일에 못 견딜 때 나무는 우리에게
이렇게 말을 걸 것이다. "조용히 해요, 조용히. 나를 보아요.
산다는 일은 편하지도 않고 어렵지도 않아요. 그런 건 아이
들이 생각하는 일이죠. 당신의 마음 속의 신에게 얘기하면
돼요. 그렇게 하면 그런 생각은 곧 가라앉죠. 당신은 당신의
길이 어머니와 고향으로부터 당신을 떼어놓는 것이나 아닐
까 하고 걱정하고 있어요. 그러나 한 걸음 한 걸음, 하루하루
가 다시 한 번 당신을 어머니에게로 데리고 갑니다. 고향은
아무 데나 있는 것은 아니지요. 고향은 당신 마음 속에 있을
뿐 그 밖엔 다른 어디에도 없는 거죠."

'방랑'에서

나는 별이다
나는 창공에 떠 있는 하나의 별이다.
세계를 바라보고 세계를 비웃고
스스로의 열화에 불타 스러지는 별이다.
나는 밤마다 거칠게 파도치는 바다다.

묵은 죄에 새로운 죄를 더하여
희생의 무거운 짐을 한탄하는 바다다.

나는 너희들의 세계에서 추방된 자다.
자랑스레 자라고 자랑스레 멸시되고
다스릴 나라도 없는 왕이다.

나는 말없는 정열이다.
집에 아궁이가 없고 싸움에 칼이 없이
나와 내 힘에 병든 자다.

벗이여, 강은 많은 소리, 대단히 많은 소리를 가지고 있다.
그것은 왕자의 소리, 투사의 소리, 암소의 소리, 밤새의 소
리, 탄식하는 자의 소리, 그 밖에 무수한 소리를 가지고 있
다. 만약 이 강의 몇만의 소리를 동시에 들을 수가 있다면 그
때 강은 어떤 언어를 발할 것인가.

'싯다르타'에서

강의 비밀 중에서 그는 오늘 그 하나만을 알았고, 그것은
그의 영혼을 사로잡았다. 그는 보았다. 이 물은 흐르고 또 흐
르며 끊임없이 흐르고 있다. 그러면서도 언제나 그 자리에
있다. 언제 어느 때에도 같은 존재이고, 또한 그 각각이 새로
운 존재이다.

'싯다르타'에서

"나는 그 무엇보다도 이 강을 사랑합니다. 때때로 나는 거기에 귀를 기울이고, 때때로 나는 그것을 응시했습니다. 그리고 언제나 나는 그것에서 배웠습니다. 강이라는 것으로부터는 여러 가지 것을 배울 수 있습니다."

'싯다르타'에서

나비류 중에는 암놈이 수놈보다 훨씬 적은 종류의 나방이 있다. 당신이 지금 이 암놈 나방을 한 마리 가지고 있다고 한다면, 밤이 되면 수놈 나방이 이 암놈에게로 날아올 것이다. 그것도 몇 시간이나 걸리는 먼 곳으로부터. 생각해 보라, 몇 시간이나 걸리는 곳으로부터 오는 거다. 모든 수놈들은 그 지방에 있는 단 한 마리의 암놈을 몇 킬로나 떨어진 곳에서 냄새 맡는 것이다. 여러 가지로 그것을 설명하려고 시도하고 있지만 그건 대단히 어려운 일이다. 자연계에는 이런 일로 가득 차 있다. 그런데 어느 누구도 그것을 설명하지 못하는 것이다.

'데미안'에서

내가 숲을 보고 그것을 사자, 빌리자, 벌목을 하자, 사냥을 하자, 그것을 저당 잡혀서 돈을 빌리자, 하고 생각할 때, 내가 보는 것은 숲이 아니고, 단지 나의 계획, 의도, 배려, 재산 등과 숲과의 관계이다. 그때 숲은 나무로 이루어져 있을 뿐이어서 젊거나 늙거나 원기왕성하거나 약해져 있거나 하다. 그러나 내가 숲에서 아무것도 바라지 않을 때, 내가 '잡

넘 없이' 푸르름의 전당에 눈길을 쏟을 때, 그때 비로소 숲
은 숲이고 자연이고 살아 있는 자태이며, 아름다운 존재인
것이다.

'관찰, 영혼에 대해서' 에서

산책
붉은 가지의 소나무여
은빛의 다정한 자작나무여
묵묵히 서 있는 너도밤나무여
말해 다오, 너희들도 괴로워하는 일이 있는가를.

꿀벌의 노래를 들으면서
그윽하게 향기 뿜는 꽃이여
너희들의 나날에도
이렇게 어둡고 불안한 일이 있느냐.

나는 더욱 사물의 내부로 탐하듯이 눈길을 돌렸다. 바람이
나무 사이에서 복잡한 소리를 내는 것을 듣고, 시냇물이 골
짜기를 달려 내려가고 조용한 강이 평야를 유연하게 흐르는
소리를 들었다. 나는 이들의 소리는 신의 언어여서 이 어둡
고 원시의 아름다움을 지닌 언어를 이해할 수 있다면 낙원을
또다시 발견할 수 있다는 것을 알고 있었다. 책에는 이런 것
은 거의 쓰여 있지 않았고, 단지 성경에 피조물(被造物)의
'말로 다할 수 없는 탄식' 이라는 놀라운 말이 실려 있을 뿐
이다. 하지만 나는 어느 시대에도 나와 마찬가지로 이 이해

할 수 없는 것에 마음을 빼앗겨서 나날의 일을 버린 채 창조
의 노래에 귀를 기울이고, 구름이 흐르는 것을 바라보고, 끝
없는 동경을 가지고 영원한 것을 향해서 기도의 팔을 뻗기
위해 정적을 찾는 사람들이, 즉 은둔자나 속죄자나 성자(聖
者)가 있었을 것이라고 어렴풋이 느꼈던 것이다.

'향수' 에서

땅을 경작하는 자의 생활, 그것은 근면과 노고로 가득 차
있지만, 또한 거기에는 초조도 없고 본래의 근심도 없다. 왜
냐하면 이 생활의 근거는 경건이고, 흙과 물의 공기에 스미
는 신성(神性)을 대하는, 즉 사계(四季)를 대하는 식물이나
동물의 힘에 대한 신조이기 때문이다.

'테신의 가을날' 에서

예로부터 대지와 대지의 식물이나 동물만을 상대해 온 나
는 처세적인 능력을 별로 지니지 못했다. 지금도 내가 꾸는
꿈은, 유감이지만 내가 얼마나 순동물적인 생활에 애착을 느
끼고 있는가 하는 것의 틀림없는 증명이다. 즉 나는 흔히 동
물이 되어 해변에서 뒹굴고 있는 꿈을 꾸는데, 그 동물은 대
개는 바다표범이다. 그런데 나는 그것이 말할 수 없을 만큼
즐거워서, 잠이 깨어 인간의 품위를 되찾은 것이 기쁘지도
않고 자랑스럽지도 않으며 오히려 그저 슬픈 일로 생각되는
것이다.

'향수' 에서

신심(信心)

인간이 구하는 것은
필경 피와 죄와 살육이다.
자연을 발견한 자만이, 그자에게만이
모든 토지는 성스러운 고향이 되고
모든 사람은 동포가 된다.

세계의 어디에도
바람은 불고 물은 떨어지고 있다.
도처에
푸른 공기와 수정 같은 바다가 있다.
지평선에는 희미한 금빛 구름
온화한 달
숲 속의 짐승의 울음,
길게 뻗은 해안선
새들의 지저귐, 산, 자작나무, 바위 사이의 오솔길——
이야말로 나의 보배, 내 마음의 재산
안심하고 쉴 수 있는 영혼의 위안이다.

남의 죄로 죄를 재지 말라.
자연의 무한한 인내에 비해서
그대와 그대의 걸음을 재라.
자연은 그대와 함께 날아간다.
자연을 그대의 집으로 삼으라.
그렇게 하면 저녁에도 아침에도
아버지의 집에서 안전하게 지낼 수 있을 것이다.

때때로
때때로 새가 울거나
바람이 가지 사이를 스쳐가거나
개가 먼 농가에서 짖거나 하면
오랫동안 귀를 기울이면서 침묵하지 않을 수 없다.

나의 영혼은 도망쳐 돌아간다.
잊혀져 버린 천년 전의
새와 부는 바람이 나와 비슷해서
나의 형제였던 옛날로.

나의 영혼은 나무가 되고
짐승이 되고 날아가는 구름이 된다.
그리고는 변모해서 낯선 모습으로 돌아와서는
나에게 묻는다.
과연 나는 무어라고 대답하면 좋은가.

모든 죽음
모든 죽음을 나는 이미 죽었다.
모든 죽음을 나는 또다시 죽으리라.
숲 속에서는 나무의 죽음을
산 속에서는 돌의 죽음을
모래땅 속에서는 흙의 죽음을
바람에 흔들리는 여름풀 속에서는 잎의 죽음을
그리고 가련한 피투성이인 인간의 죽음을.

꽃으로 나는 환생하고 싶다.
나무로, 풀로 나는 환생하고 싶다.
물고기로, 사슴으로, 새로, 나비로,
그리고 어느 모습 속에서도
동경이 나를 몰아내어
최후의 고민
인간의 고민에 이르게 할 것이다.

동경의 광포한 주먹이
생의 양극(兩極)을 구부려서
가까이하려고 할 때
오오, 당겨진 활의 그 떨림이여
앞으로도 또 몇 번이나
너는 나를 죽음에서 탄생으로
형성의 괴로운 궤도로
형성의 빛나는 궤도로 몰아대겠지.

나는 잘 알고 있다, 불안에 사로잡힌 영혼이여. 너에게 있어서는 네가 태어난 고향으로 돌아가는 것만큼 필연적인 일은 없고, 또 그 이상의 먹을 것도 마실 것도 수면도 없는 것이다. 거기에서는 너를 둘러싸고 파도가 인다. 너는 파도이고 숲이다. 너 자신이 숲이어서 그곳에는 이미 안도 바깥도 없다. 너는 새가 되어 공중을 날고, 물고기가 되어 바다를 헤엄친다. 너는 빛을 마시는 동시에 빛 그 자체이고, 어둠을 맛보면서 어둠 그 자체인 것이다.

'꿈의 그림'에서

방랑

  진정한 여수(旅愁)라는 것은 그 위험한 욕망, 겁내거나 두려움 없이 일을 생각하고, 세계를 자기 머리 위에 두고, 모든 사물·인간·사상(事象)에 대해서 해답을 얻으려고 하는 그 욕망과 같은 것이어서 결코 그보다 용이한 것은 아니다.

'관찰, 여수'에서

  미친 듯이 격렬하게 모든 위험을 걸고 파멸을 걸면서 돈을 좇고, 여자의 사랑을 좇고, 왕후(王侯)의 은총을 좇는 자가 있는 것은 아닐까. 그와 마찬가지로 우리들 여행을 동경하는 자는 어머니인 대지를 꽉 움켜쥐고 체험하려고 돌진하는 것이다. 대지와 하나가 되어 완전히 소유하고 완전히 몸을 의탁하기를 원하는 것이다.

'관찰, 여수'에서

고엽(枯葉)
내 앞을
바람에 날려 가는 고엽
방랑도 젊음도 사랑도
그 때가 있고 끝이 있다.

  저 잎은 바람의 사이사이로

정처 없이 방황하고
결국은 숲이나 도랑 속에 머문다……
나의 여행은 어디까지 계속될 것인가.

여행하는 재주
정처도 없이 방황하는 것은 청춘의 기쁨이지만
청춘과 함께 그 기쁨은 퇴색했다.
목적과 의지가 자각되고부터는
나는 그저 장소를 바꾸고 있을 뿐이다.

목적만을 추구하고 있는 사람은
유랑(流浪)의 재미를 모른다.
모든 길에서 기다려 주는
숲도 시내도 아름다운 조망(眺望)도 닫혀진 채로다.

더욱 유랑을 배우지 않으면 안 된다.
그때의 무심한 빛남이
동경의 별 앞에서 퇴색하지 않도록.
세계의 윤무(輪舞) 속에 춤추고
쉬면서도 사랑하는 먼 곳으로 눈을 돌리고 있는
그것이 여행하는 재미라는 것이다.

그대는 그대의 고향으로는 만족하지 못한다는 것인가? 그
대는 더 아름답고 풍요롭고 따뜻한 곳을 알고 있다는 것인
가? 그래서 그대는 그대의 동경을 좇아서 여행을 떠난다. 그

대는 더 아름답고 태양이 더 빛나는 이국을 방랑한다. 그대의 마음은 크게 넓어지고, 온화한 하늘이 그대의 새로운 행복을 감싼다. 그곳이 지금은 그대의 낙원이다. 그러나 잠깐 참으라, 그곳을 상찬하는 것은. 몇 년, 아니 아주 조금, 최초의 기쁨과 최초의 진귀함이 지나갈 때까지. 그렇게 하면 그대는 산에 올라서 그대의 고향이 놓여 있는 방향을 찾을 때가 온다. 고향의 언덕은 그 얼마나 부드럽고 푸르렀던가. 거기서 그대는 깨닫고 느낀다. 그곳에 지금도 아직 그대가 어릴 때에 놀던 집과 뜰이 있음을. 거기에 그대의 청춘의 모든 성스러운 추억이 깃들어 있음을. 거기에 그대의 어머니가 잠들어 있음을.

'관찰, 푸른 저쪽'에서

여행의 노래

태양이여, 나의 마음 속을 비추어라.
바람이여, 나의 괴로움을 날려 버려라.
나에게는 넓은 세상을 여행하는 것에 더하는
깊은 기쁨이 이 세상에 있으리라고는 생각되지 않는다.

나는 발길을 평야로 돌린다.
태양은 나를 태우고 바다는 나를 식히고
이 대지의 생명을 느끼기 위해서
나는 모든 감각을 엄숙하게 연다.

그러면 새로운 나날에 나에게
새로운 벗을, 새로운 형제를 맞아오라.

내가 괴로움 없이 모든 힘을 칭찬하고
모든 별의 객이 되고, 벗이 될 때까지.

들을 지나서
하늘을 지나서 구름은 흐르고
들을 스쳐서 바람은 지나간다.
들을 지나서 나그네 길을 가는 것은
내 어머니의 유리(遊離)의 자식이다.

거리를 지나서 낙엽은 굴러가고
나뭇가지 위에서 새는 재재거린다.
어디엔가 먼 산기슭에
나의 먼 고향은 있으리라.

"나는 당신이 어떻게 될지 알고 싶다고 생각하는 때가 있
어요. 흔히 그런 생각을 하지요. 당신은 평범하고 편한 생활
은 하지 않는 거죠. 당신은 시인이 될 것임에 틀림없다, 환상
과 꿈을 가지고 그것을 아름답게 표현할 줄 아는 사람이 될
것임에 틀림없다, 하고 생각하는 때도 있고요. 당신은 전 세
계를 방랑하겠지요. 모든 여자가 당신을 사랑하겠지요. 하지
만 역시 당신은 외톨이일 거예요."

'나르치스와 골드문트'에서

"당신은 매우 예쁘고 명랑한 듯이 보이지만, 당신의 눈 속
에 있는 것은 슬픔뿐이고 명랑함은 없어요. 마치 당신의 눈

은 행복 같은 건 없고, 아름다운 것도 사랑하는 것도 우리들 곁에 오래 머물러 있지 않음을 알고 있는 것 같아요. 당신은 이 세상에서 가장 예쁜 눈을 하고 있어요. 그리고 가장 슬픈 눈을. 그것은 당신이 고향을 가지고 있지 않기 때문이라고 나는 생각해요. 당신은 숲 속에서 찾아왔지요. 그리고 언젠가 당신은 다시 떠나 이끼 위에서 잠들고, 정처도 없이 방랑하게 되겠지요."

'나르치스와 골드문트'에서

방랑의 길에서(크눌프의 추억에)
슬퍼하지 말라, 이제 곧 밤이 된다.
푸른 휘장으로 싸인 들판 위에
차가운 달이 떠서 소리 죽여 웃겠지.
그러면 손을 마주 잡고 쉬자.

슬퍼하지 말라, 이제 곧 쉴 때가 온다.
작은 십자가가 두 개, 우리들을 위해서
밝은 길가에 나란히 서겠지.
그리고 비가 오고 눈이 오겠지.
그리고 바람이 불어 왔다가 다시 가겠지.

나는 시인이 되고 싶다고 생각하고 시인이 되었다. 집을 갖고 싶다고 생각하고 집을 지었다. 아내와 자식을 갖고 싶다고 생각하고 그것을 얻었다. 사람들에게 말을 걸고 영향력

을 미치고 싶다고 생각하고 그것을 실행했다. 그러나 어떤
소망도 실현되면 지겨워졌다. 만족감은 내가 견딜 수 없는
것이다. 나는 시작(詩作)에 의문을 갖기 시작했다. 나에게는
집이 권태로워졌다. 도달한 목표는 이제 더 이상 목표가 아
니었다. 어떤 길도 둘러 가는 길이었다. 어떤 휴식도 새로운
동경을 낳았다.

'방랑' 에서

하루가 아침과 밤 사이를 지나가듯이, 나의 생활도 여행에
의 충동과 고향에의 동경 사이를 지나간다.

'방랑' 에서

나의 생활에는 중심이 없어서 많은 극과 반극(反極) 사이
에서 건들건들 흔들리고 있다. 한편으로는 집에 있고 싶다고
원하는 기분, 다른 한편으로는 여행에 대한 동경, 한편으로
는 고독과 수도원을 구하고, 다른 한편으로는 사랑과 사바에
끌린다.

'방랑' 에서

너는 솔직한 시인은 아니다. 너는 영국인이 아니다. 너에
게는 조화가 없고, 자기 자신을 지배하고 있지도 않다. 너는
폭풍우 속의 새다. 폭풍우를 일게 하라. 그리고 너는 폭풍우
에 마구 날려라.

'방랑' 에서

순수한 관상(觀想), 목적 추구나 의욕에 의해서 흐려지지 않는 관상, 자기에게 만족하고 있는 눈·귀·코·촉각의 훈련, 그것은 우리들 중의 세련된 것이 향수를 느끼는 낙원이다. 그리고 우리가 가장 잘, 가장 순수하게 거기에 탐닉할 수 있는 것은 여행에서다.

'보덴 호'에서

추방된 것
나사가 비틀어진 것처럼 흩어진 구름
폭풍우에 휘어지는 소나무
검붉은 석양 하늘
산에도 나무에도
악몽과 같이
신의 손이 무겁게 얹혀 있다.

축복이 없는 몇 년
가는 길은 모두 폭풍우
고향의 땅은 어디에도 없이
다만 미로(迷路)와 과실이 있을 뿐
나의 마음에도
신의 손이 무겁게 얹혀 있다.

그리고 모든 죄업(罪業)으로부터
모든 어두운 심연으로부터
아직도 남는 하나의 비원(悲願)

어느 날엔가 휴식을 찾아내어
두 번 다시 돌아가는 일이 없이
무덤에의 길을 찾아간다는 것.

인생

인생

인생은 한 마리의 말이다. 경쾌하고 늠름한 말이다. 사람은 그것을 기수(騎手)처럼 대담하게, 또한 세심하게 다루지 않으면 안 된다.

'대리석재 공장'에서

대개 인생은 분열과 모순에 의해서 풍요롭게 꽃을 피운다. 도취를 모르는 이성과 냉철이란 대체 무엇일까? 죽음을 배후에 갖지 않은 감각의 기쁨이란 무엇일까? 양성(兩性)의 영원한 적의가 없었다면 사랑이란 도대체 무엇일까?

'나르치스와 골드문트'에서

인생은 엄숙한 사건이나 깊은 감동을 주는 한편 우스꽝스러운 것을 늘어놓기를 좋아한다.

'향수'에서

"유희입니다, 인생은. 아름답고 행복하다면, 그것은 유희
입니다."

'동방 여행'에서

우리는 이 인생을 얼마나 괴로운 것으로 만들고 있는가?
그것이 짧고도 허황된 것이라고 알고 있으면서도, 또한 필사
적으로 중대한 것이라고 생각하고 있다.

'시집 , 보고(寶庫)'에서

선택의 자유만 있다면 인생에서 가장 아름다운 것을 찾아
내기란 그다지 어렵지 않다.

'대리석재 공장'에서

나는 인간의 생활이 내가 알고 있는 것보다 훨씬 나은 것
을 그 속에 지니고 있음에 틀림이 없다는 것만은 안다. 그렇
지 않고서는 그것에 대해서 얘기하는 것도, 그것을 살아가는
것도 보람이 없을 것이다.

'게르트루트'에서

위안
얼마나 많은 세월을 살아온 것인가.
그러나 살아온 것에 아무런 의미도 없다.
무엇 하나라도 지금 소중하게 지니고 있는 것은 없고
무엇 하나라도 즐겁게 생각하는 것은 없다.

인생의 흐름은 수없는 모습을
나에게로 굴려 보냈지만
하나라도 그것을 멈추게는 허용하지 않았고
하나라도 나에게 다정하게 해준 것은 없었다.

하지만 가령 그것이 나의 손에서 미끄러져 떨어져도
나의 마음은 이상하게도 깊이
모든 시대를 넘어서 멀리에
생의 정열을 느끼는 것이다.

생의 정열에는 의미도 목표도 없지만
가까운 것도 먼 것도 모든 걸 알고
아이들이 장난 삼아 하듯이
순간을 영원으로 바꾸어 버리는 것이다.

그는 갑자기 자기가 이제까지 지내온 생활의 오랜 여정이
한눈에 바라다보인다는 생각이 들었다. 그것은 이미 오래 전
부터 끊임없이 부서져서 아주 작은, 쓸모없는 조각이 되어
버린 것이었다. 그는 오래 걸어온 자기의 길을, 자기의 결혼
생활 전체를 뒤돌아보았다. 그러자 그 길은 몹시 길고 지긋
지긋하고, 쓸쓸한 가도처럼 생각되었고, 거기를 한 남자가
혼자서 먼지투성이가 되어 무거운 짐을 끌면서 가고 있는 것
이었다. 그 먼지의 저쪽 어딘지 보이지 않는 곳으로 청춘의
빛나는 산들과 바람에 속삭이는 푸른 나뭇가지는 사라져 버
렸다. 그렇다, 전에는 젊었던 때가 있었던 것이다. 그것도 평

범한 젊은이와는 달리, 커다란 꿈을 안고 인생과 자기에게서
많은 것을 기대하고 있었던 것이다. 그러나 이제 그 눈에는
내내 먼지와 무거운 짐, 긴 가도와 더위와 지친 다리 외에는
아무것도 없고, 다만 바싹 마른 가슴 속에 흐리멍덩하고 낡
은 향수가 숨겨져 있을 뿐이었다. 그것이 그의 인생이었다.

'클라인과 바그너'에서

　나는 도박 속에서 인생의 거울을 보았다. 인생은 도박과
아주 비슷해서 규명하기 어려운, 이론을 초월한 직감이 우리
에게 가장 강력한 마법을 부여하고 가장 커다란 힘을 발휘하
는데, 이 훌륭한 직감이 마비되면 비판이나 오성(悟性)이 간
섭해 와서 얼마 동안은 어떻게 구실을 만들어 저항하지만,
결국은 일어나지 않으면 안 되는 일이 우리를 완전히 무시하
고 일어나고 마는 것이다.

'요양객'에서

　인생은 모든 의미와 의의가 상실된 순간에 가장 의미 깊은
것이 된다.

'클라인과 바그너'에서

　이 인생의 잔혹함 앞에 나도 당신과 마찬가지로 어찌할 바
를 모르고 의기소침해서 서 있답니다. 그래도 나는 나의 생
활에 자꾸 되풀이해서 의미를 부여함으로써 그 무의미함을
극복할 수 있다는 신념을 가지고 있습니다. 생활에 의미가
없는가 하는 것은 나의 책임이 아니고, 나 자신이 단 한 번뿐

인 인생을 어떻게 살 것인가가 나의 책임이라고 생각하고 있
습니다. 당신네 젊은 사람들은 완전히 이 책임을 버려 두고
싫어하는 것처럼 나에게는 생각됩니다.

'서간'에서

　당신의 의무는 하나의 인간이 되는 것입니다. 가능한 한
유용하고 선량한, 자기의 능력에 자신이 있는 인간이 되는
것입니다. 당신의 의무는 하나의 인격, 하나의 성격이 되는
것이고, 그 외에는 없습니다. 당신이 당신에게 가능한 한에
서, 정해진 한에서 그렇게 되었다면 당신이 자기의 진가를
나타낼 수 있는 임무는 저절로 찾아옵니다. 아직 어른이 되
지 못한, 거의 읽을 줄도 모르는 소년이 어떤 제복을 입거나
모자를 쓰거나 해서 어느 당의 일원이라고 선언하고는 기세
좋게 공적인 생활에 참여하는 것이 오늘날 독일에서는 습관
으로 되어 있습니다. 그들은 고함을 지르면서 조국을 끌어내
려서 자신과 국민을 전 세계의 조소의 대상으로 만들고 있습
니다. 그들 한 사람 한 사람이 국사범인(國事犯人)입니다.
왜냐하면 되어야 할 것으로 되는 것, 배워야 할 것을 배우는
것, 한 사람의 남자가 되는 것, 독창적으로 사물을 생각하는
것을 배운다고 하는 당연한 의무를 게을리 하고 배반하며,
자기들에게는 아무 관계도 없는 임무를 주제넘게 앞질러 좇
아가고 있기 때문입니다.

'서간, 1932년'에서

　당신들의 생활은 당신들 자신이 거기에 의미를 부여하려
고 노력하는, 그 노력에 따라서 꼭 그만큼의 의미를 갖는 것
입니다.

'서간'에서

　진실이란 무엇이냐, 또는 인생은 본래 어떤 식으로 짜여져
있느냐 하는 것은 각자가 스스로 생각해 내야 하는 일이지,
책 따위에서 배울 수 있는 것은 아니다.

'크눌프'에서

　중요한 일은 다만 자기에게 지금 부여된 길을 한결같이 똑
바로 나아가고, 그것을 다른 사람들의 길과 비교하거나 하지
않는 것이다.

'유리알 유희'에서

　우리는 우리 자신의 생활을 살아가야 합니다. 그것은 우리
들 한 사람 한 사람에게 있어서 새롭고 독자적인 것, 항상 곤
란하기는 하지만 또한 항상 아름다운 것을 의미합니다. 인생
을 위한 규범이라는 것은 없습니다. 인생은 개개의 사람에게
각기 다른 한 번만인 임무를 지우는 것입니다. 그러므로 인
생에 대해서 처음부터 선천적으로 무능한 사람이란 없고, 가
장 능력이 없고 불쌍한 사람이라도 그 나름으로 가치가 있는
진정한 생활을 보낼 수 있으며, 자기에게 주어진 생활의 장
과 특별한 임무를 떠맡아서 그것을 실현시키려고 하는 그것

에 의해서만 다른 사람들에 대해서 어떤 의미를 가질 수 있
는 것입니다. 이것이야말로 참된 인간성이라는 것으로서, 끊
임없이 어떤 고귀한 구원의 빛을 발하는 것입니다.

'서간'에서

  인간은 이 세상에 태어난 그대로 자기 자신을 비관적으로
평가할 것이 아니라, 우선 신으로부터 부여받은 재능이나 결
점을 그대로 받아들여서 그것을 긍정하고 그것에서 그 위에
최선의 것을 만들려고 시도해야 하는 것입니다. 신은 우리들
한 사람 한 사람에 대해 무엇인가를 생각하고 무엇인가를 시
도하고 계시므로, 우리가 그것을 받아들이지 않고 그 실현에
협력하지 않는다면 우리는 신의 적이 되는 것입니다.

'서간'에서

  나는 살아가는 것을 쉽게 해줄 만한 지혜를 모릅니다. 인
생은 편한 것은 아닙니다, 결코. 그렇더라도 우리는 인생이
편리한 것인가 아닌가 하는 따위를 물어서는 결코 안 되는
것 입니다.

'서간'에서

  살아 있기보다 살아 있지 않는 편이 좋다고 생각하는 것은
아닙니다만, 나는 고통과 불안을 이겨 내기 위해서는 내면적
인 '각성', 즉 감각의 세계와 외적 사상은 본질적인 것이 아
니고 꿈 같은 것이라고 하는 인식보다는 차라리 체험에서만
생겨날 수 있다는 옛 현인의 사고 방식에 찬성합니다. 또한

인생의 시시한 일이나 걱정으로부터의 해방은 거기에 몰입
하거나 혹은 반대로 금욕적으로 거기에서 눈을 돌리는 것으
로는 얻어질 수 없는 것이어서, 다채로운 베일로 장식된 인
생의 사건 배후에 있는 신의 통일을 끊임없이 되풀이해서 통
찰하고 체험함으로써 얻어진다고 생각합니다.

'서간'에서

　　어떤 인간이건 대개 인간에게는 던져진 공처럼 날아갈 궤
도가 정해져 있는 것이다. 운명을 비틀거나 조소하거나 하는
셈이라 해도 이미 정해진 선에 따르고 있는 것이다. 어찌 되
었건 운명은 우리들의 안에 있지 밖에 있는 것은 아니다. 그
래서 인생의 표면, 즉 눈에 보이는 것은 별로 중요하지 않다.
중대하다고 생각되는 것도 있고, 비극적일 정도로 하찮은 것
도 흔히 있다. 하지만 사람은, 소중한 것은 모두 마음 속에
지니고 있는 것이다. 누구도 밖으로부터 구원되는 것은 아니
다. 자기 자신과 사이가 나빠지지 말 것, 자기 자신을 사랑하
고 신뢰하면서 살아갈 것 —— 그렇게 하면 무엇이라도 할
수 있다.

'클라인과 바그너'에서

　　비극의 외관에 낙담해서 무릎을 꿇는 사람도 실은 자기들
이 알아차리지 못한 일 때문에 괴로워하고 망해 가는 것이다.

'가을의 도보 여행'에서

사람은 훌륭한 기도의 아름다움과 올바름을 그만큼 충분히 깊게 인식하고, 마음속에서도 그렇게 느끼고 있는데, 어째서 인생의 모든 것은 언제나 인습의 냄새를 풍기고, 도처에서 쓸모없는 비속한 것이 승리를 거두도록 되어 있는 것일까?

'아이들 마음'에서

인생의 오욕에 대항하는 최선의 무기는 용기와 자애(自愛)와 인내입니다. 용기는 강하게 만들어 주고, 자애는 농담을 하게 해 주며, 인내는 안정을 줍니다.

'서간'에서

인생은 깊고 슬픈 밤과 같은 것이어서 때때로 번갯불이 번쩍이지 않는다면 도저히 견디기 어려울 것이다. 번갯불의 갑작스러운 밝음은 그 몇 초가 몇 년의 어둠을 씻어 가고, 그것을 보상하는 데 족할 만한 위안과 기쁨을 부여해 준다.

'봄의 폭풍우'에서

"어떤 꽃의 향기를 맡고 있으면 나의 마음은 언제나 옛날 나의 것이었다가 그 후에 없어져 버린, 어떤 아주 아름다운 것이나 귀중한 것의 추억이 이 향기와 결부되어 있다고 나에게 말하는 듯합니다. 음악의 경우도 그렇고, 시도 때로는 그런 경우가 있습니다. 즉 무엇인가가 번쩍 빛나서 불과 한순간의 일이지만 잃었던 고향이 아래쪽 골짜기에 놓여 있는 것처럼 생각되는 것입니다. 하지만 그것은 곧 다시 사라져서

잊혀져 버리는 것입니다. 어쨌거나 우리는 이 목적 때문에
잃었던 아득한 소리에 귀를 기울이고, 찾아 헤매고, 생각을
펼치기 위해서 이 세상에 있는 것이어서, 그 소리의 뒤쪽에
우리의 진정한 고향이 있는 것이라고 나는 믿고 있습니다."

'이일리스'에서

"당신은 이제까지의 생애에서 여러 가지 것을 원하셨습니
다. 당신은 명예도 행복도 지식도, 당신의 작은 이일리스, 나
조차도 원하셨습니다. 그러나 그런 것은 모두 그저 아름다운
그림에 지나지 않았습니다. 그리고 지금 내가 당신에게서 떠
나가듯이 어느 것이나 모두 당신에게서 떠나갔습니다. 나에
게도 그런 일이 있었습니다. 나는 끊임없이 찾아 헤맸습니
다. 내가 찾고 있던 것은 언제나 사랑스럽고 아름다운 그림
이었습니다. 그러나 그것은 언제나 흐려져서 흩어져 갔습
니다. 나는 이제 어떤 그림도 믿지 않습니다. 이제 무엇 하
나 원하지 않습니다. 지금 나는 고향으로 돌아가려는 것입
니다. 불과 한 걸음만 내디디면 벌써 고향에 닿을 수 있는
것입니다."

'이일리스'에서

　인간의 일생에 관해 말하자면 밖에서 바라다보아서 어제
까지는 아직 없었거나 혹은 있었더라도 미처 알아차리지 못
했던 특징을 갑자기 발견하게 되는 경우가 있는데, 그런 드
문 경우는 사람의 생애에서 가장 잊을 수 없는 순간에 속한
다. 자기는 언제나 같아서 완전히 모양이 정해진, 영원히 변

하지 않는 존재라고 생각하기 쉬운데, 자기가 그런 것이 아님을 깨달으면 우리는 몸을 움츠리고 희미한 놀라움을 느끼는 것이다. 우리는 안이하게 마음을 빼앗는 꿈에서 순간 눈을 떠서 자기가 변했다는 것, 자기가 성장 또는 퇴화했다는 것, 발전 또는 위축되었다는 것을 알아차린다. 그리고 놀라건 기뻐하건 발전과 변화의 끝없는 흐름 속에, 쉼 없이 만물을 잠식하는 무상하고 끝없는 흐름 속에 자기도 또한 떠돌고 있다는 것을 한 순간 눈으로 보고 마음으로 깨닫는 것이다. 이 무상한 흐름을 우리는 잘 알고 있으면서도 흔히 자기 자신과 자기가 품고 있는 이상의 몇 가지는 예외로 삼고 있는 것이다. 왜냐하면, 우리가 완전히 눈을 뜨고, 그 각성의 몇 초나 몇 시간이 달이 되고 해에로까지 연장된다면, 우리는 살 수 없을 것이고, 어떻게 하더라도 살아가는 것을 견디지 못할 것이다. 살피건대 대다수의 인간은 그 순식간의 통찰, 그 각성의 몇 초를 알지 못하고 방주(方舟)에 탄 노아처럼 변하는 것이 없는 듯 보이는, 스스로의 자아(自我)의 탑에 들어앉아서 일생을 보내는 것이다. 생의 흐름과 죽음의 흐름이 파도치면서 지나가고, 타인이나 친지가 그 흐름에 휩싸이는 것을 보고는 그들에게 말을 걸고 그들을 위해서 울지만, 자기 자신은 언제나 땅에 발을 붙이고 냇가에서 바라보고 있으므로, 함께 떠내려 가거나 함께 죽거나 하는 일은 없으리라고 믿고 있는 것이다.

'한스의 추억'에서

인간은 누구나 세계의 중심이다. 세계는 그의 주위를 멋대로 빙글빙글 돌고 있는 것처럼 보인다. 또한 누구에게나 다 그 하루하루가 세계사의 종점이고 정점이다. 그 배후에는 몇천 년에 걸친 민족의 흥망이 있었고, 그 전방에는 허무가 있을 뿐이다. 다만 이 순간, 현재의 이 정점에 세계사의 전 기구가 봉사하고 있는 것처럼 보인다. 소박한 인간은 자기가 중심이어서 다른 자는 흐름에 말려들지만 자기만은 물가에 서 있다고 하는 이 기분이 방해받으면 그것이 위협이라고 느끼고 눈을 뜨고 가르침을 받기를 거부한다. 그는 각성을 통해 현실의 손이 자기에게 닿는 것을 느끼고, 정신을 적의가 있는 증오라고 느낀다. 그리고 각성의 상태에 놓여 있다고 생각되는 사람들, 즉 선각자, 문제를 제기하는 사람, 천재, 예언자, 신들린 사람들로부터 본능적인 분노를 느끼고 몸을 돌린다.

'한스의 추억'에서

살아가는 일을 참을 수 없다고 말하면서 비난하고 탄식하는 것은 생에 대한 애정의 도착(倒錯)된 형태다.

'크리스토프 시렌브프 추도'에서

인간은 무엇인가 기쁨이 없으면 살 수 없다.

'마술사의 유년 시절'에서

인생은 우리들의 관념과 같이 간단하게, 혹은 가련한 백치의 말과 같이 조잡하게는 되지 않는다.

'황야의 이리' 에서

생활

인생은 짧고, 더구나 나는 그 짧은 인생을 많은 고생, 많은 술책, 많은 낭비로 엉망으로 만들고 괴로운 것으로 만들어 버렸다. 얼마쯤의 즐거운 한때, 얼마쯤의 더운 여름날, 얼마쯤의 더운 여름밤만이라도 실컷 들이키고 마음껏 맛보고 싶다.

'테신' 에서

마치 평범한 구독자가 신문을 대강 훑어본 것만으로 24시간의 세계의 정세에 통달한 듯한 기분이 되고, 결국 목요일의 신문에서 현명한 주필이 부분적으로 예언했던 일 이외에는 아무것도 일어나지 않은 듯한 착각을 즐기는 것처럼, 우리들 누구나가 다, 도덕가는 격언의 힘을 빌고, 종교가는 신앙의 힘을 빌고, 엔지니어는 계산기의 힘을 빌고, 화가는 팔레트의 힘을 빌고, 시인은 전형이나 이상의 힘을 빌어서 매일 매시간 세계의 신비한 원시림을 아름다운 정원이나 한 장의 개관(槪觀)할 수 있는 평평한 지도에 다시 그려서 자기를 속이고 있다. 그리고 우리들 누구나가 다 그 가상(假想)의 세계와 지도 위에서 아무 거리낌도 없이 태평스럽게 살고 있는데, 그러다가 갑자기 어딘가의 댐이 무너지거나 무서운 계

시를 받거나 해서 진실이, 당치 않을 정도로 무섭게 아름다운 것, 머리카락이 곤두설 만한 것이 자기 쪽으로 밀어닥쳐와서 도망칠 수도 없게 자기를 꼼짝없이 껴안고, 죽을 정도로 움켜잡는 것을 느끼게 되는 것이다.

'비밀'에서

자기가 걸어온 발자취를, 자기가 죽은 여러 개의 죽음을 인간은 후회해서는 안 된다.

'고향'에서

어두운 나날의 추억도 아름답고 신성한 소유물이다.

'보덴 호'에서

익기 전에 따낸 과일은 아무 쓸모도 없다.

'풍물첩'에서

그녀가 가장 좋아하는 생활은 꽃과 음악과 어떤 한두 권의 책을 가까이에 두고 쓸쓸하고 조용함 속에서 누군가 찾아오지나 않을까 하고 기다리고 있는 듯한 그런 생활 방식이었다. 그리고 세상의 일은 되는 대로 내버려 두었다.

'이일리스'에서

어둠, 위안이 없는 암흑, 그것은 나날의 생활의 무서운 환경을 말한다. 사람은 무엇 때문에 아침에 일어나서 먹고 마시고 그리고 다시 자는 것인가? 아이들, 야만인, 건강한 젊

은이, 동물은 이 무관심한 일이나 행동의 순환 때문에 괴로
워하지는 않는다. 사색에 괴로워하지 않는 자는 아침의 기상
이나 음식을 즐기고 거기에서 만족을 찾아 내어 달리 변화를
원하지 않는다. 그러나 그것이 흔해빠진 일이라고 생각하게
된 자는 나날의 발걸음 속에 탐하듯이 주의해서 참된 생활의
순간을 찾게 된다. 그러한 순간은 창조적인 순간이라고 부를
수 있을 것이다. 왜냐하면 그것은 창조주와의 합일된 감정을
초래하는 듯이 생각되고, 그러한 순간에는 모든 일이, 보통
은 우연으로 돌려질 것까지도 의도된 것이라고 느껴지기 때
문이다. 그것은 신비주의자들이 신과의 합일이라고 부르는
것과 같다. 다른 일체의 순간을 그렇게 어둡게 생각하도록
만드는 것은 이 순간의 엄청난 밝음 탓이리라.

'봄의 폭풍우'에서

　고엽을 보면 나는 자주 슬퍼졌고, 또 자주 웃었다. 고엽과
마찬가지로 나도 괴로움에서 도망치고 죽음에 대한 생각을
아주 조금이라도 피하고 싶은 충동에 못 이겨 오늘은 뮌헨,
내일은 취리히로 방랑하고, 그리고는 다시 집으로 돌아왔다.
왜 이렇게까지 방황하는 것일까, 하고 묻고는 나는 슬퍼한
다. 그리고 이것이 인생의 유희이기 때문이라고 대답하고는
나는 웃는 것이다.

'뉘른베르크 기행'에서

알 필요가 있는 모든 일을 직접 맛본다는 것은 좋은 일이다. 속세의 쾌락이나 부(富)는 좋은 것이 아니라는 것은 어릴 때부터 배웠다. 그러나 직접 몸으로 체험한 것은 아주 최근이다. 지금은 나는 이미 알고 있다. 머리로 알고 있을 뿐만 아니라 이 눈으로, 이 마음으로, 이 위(胃)로 알고 있는 것이다. 아아, 그것을 안 것은 다행이었다.

'싯다르타' 에서

그는 이 세상이 얼마나 비참한 것인가를, 그러면서도 인간이 얼마나 즐겁게 살고 있는가를 보고 놀라지 않는 날이 없었다. 그리고 괴로워하는 한편에는 낭랑한 웃음이 있고, 장례식의 종 소리와 함께 아이들의 합창이 들리고, 곤궁과 비천의 이웃에 은근과 기지와 위안과 웃음이 있음을 보면 볼수록 이 세상은 멋지고 감동적이라고 생각하지 않을 수 없었다.

'아우구스투스' 에서

아침은 상쾌한 때, 새로이 시작하는 때, 싱그럽고 즐거운 충동이 일어나는 때라고 말들 하지만, 나에게는 어쩔 수 없이 화나는, 괴로운 때여서 아침과 나는 서로 화합할 수가 없다. 나의 생활을 답답하고 다루기 어려운 것으로 만들고, 위험한, 아니 추한 문제로 만드는 일체의 것이 아침에는 매우 소란스럽게 지껄여 대면서 나의 눈 앞에 커다랗게 막아서는 것이다. 점심 무렵부터 겨우 생활은 다시 견딜 만한 것으로 되어 간다. 그리고 운이 좋은 날의 생활은 오후 늦게 와 밤에 멋지게 되고, 번쩍번쩍 빛나게 되고, 들뜨게 되고, 다정한 신의 빛이 구석구석 빈틈없이 비쳐져서 법칙과 조화로 가득 차고, 마법과 음악으로 가득 차고, 그리고 불유쾌했던 몇 천 시간이라는 것에 대해서 훌륭하게 보상을 해 주는 것이다.

'요양객'에서

밤마다
밤마다 너의 하루를 검토하라.
그것이 신의 마음에 맞는 것이었는지 어떤지
행위와 성실이란 점에서 기뻐할 만한 것이었는지 어떤지
불안과 회한으로 충동받은 무기력한 것은 아니었는지 어떤지
네가 사랑하는 자의 이름을 입으로 외고
미움과 부정을 조용히 고백하라.
모든 나쁜 것을 진심으로 부끄러워하고
어떠한 그림자도 침상으로 가져가지 말고
모든 근심을 마음에서 떼어 내고
영혼이 멀리 편안하게 쉴 수 있도록 하라.
그리고 밝아진 마음 속에서
마음놓고 너의 사랑하는 자를,
너의 어머니를, 너의 유년 시절을 회상하라.
보라, 그래서 너는 때묻지 않은 자가 되고
수많은 금빛 꿈이 위로해 준다.
시원한 잠의 샘에서 깊이 마시고

새로운 날을 밝은 마음으로
영웅으로서, 승리자로서 시작할 수 있는 것이다.

잠들지 못하는 밤은 언제나 귀찮은 것이다. 하지만 좋은
일을 생각하고 있으면 그것도 견딜 수 있다. 누워서 잠이 오
지 않으면 화가 나기 쉽고, 불유쾌한 일만 생각난다. 하지만
그것을 억누르고 좋은 일이 생각나도록 하는 것은 가능하다.

'청춘은 아름다워라'에서

광선이 거울에 반사되어 어두운 방으로 비쳐들 듯이, 현재
의 한복판에서 아무것도 아닌 것이 계기가 되어 오래 전에
잊고 있었던 과거 생활의 단편이 번쩍 번뜩여서 놀라게 하
고, 기분 나쁜 느낌이 들게 하는 것이다.

'가을의 도보 여행'에서

운명이 구석진 곳에서 망을 보아 무슨 일이 일어날 듯한
날이 있다. 이런 날에는 자기 마음의 혼란이나 고장이 모두
주위의 세계에 비쳐져서 그것을 왜곡시키는 것처럼 생각된
다. 불쾌와 불안으로 가슴이 죄어져서 그 원인을 우리는 멋
대로 우리의 외부에서 찾는다. 이 세계가 잘못되어 있다고
생각하고, 도처에서 저항에 부닥친다.

'아이들 마음'에서

고민하고 있는 사람들이나 짜증나는 일들 사이에 있으면 참으로 여러 가지 것을 생각하거나 걱정하거나 하는 법이다. 거기에서는 자기의 생활 방식을 정당화시키기가 몹시 어렵지만, 그래도 그것은 절대로 중요한 일인 것이다. 그렇지도 않다면 어떻게 살아갈 수 있을까.

'방랑'에서

그대는 남에게 얘기할 수 있는 이상의 것을 생각하고 있다고 생각할 수도 있다. 그러나 만약 그렇다면 그대는 생각하고 있는 것 전부를 실천하지는 않았다는 사실도 알리라. 그것은 좋은 일이 아니다. 우러가 실천할 수 있는 생각만이 가치가 있는 것이다.

'데미안'에서

나는 자기가 노력해 온 일, 믿었던 일이 모두 낭비이고 어리석은 일이었다고 생각하는 날이 있습니다. 또 나와 나 지신의 생활이 매우 괴로운 것이기는 했지만 완전히 옳았고 분명히 성공했다고 느껴져서 만족하는 날도 있습니다.

'서간'에서

우리가 범한 죄는 그대로 덮어두고, 얼마 동안 새로운 죄를 더 짓지 않을 수 있을 때 그것을 기뻐하도록 하는 것이 어떨까.

'요양객'에서

우리는 꿈속의 미주(美酒)가 얼마나 붉고 얼마나 감미로
운지를 알고 있는 만큼 서로 남의 꿈은 허물어뜨리지 말도록
합시다.

'클링소르의 마지막 여름' 에서

우리는 얼마나 비참하고 초라한 생활을 하고 있는가! 아
아, 우리는 좀더 자주 다른 생활 방식을 가져야 한다. 다른
인간이 되어야 한다. 좀더 자주 푸른 하늘 아래에 서고 나무
밑에서 쉬며, 좀더 자주 자기 혼자가 되고, 좀더 많은 시간
동안 아름다움과 위대함의 비밀로 접근하지 않으면 안 된다.

'관찰, 오랜 음악' 에서

촛불을 끄면
열린 창으로 밤이 흘러 들어온다.
밤은 부드럽게 나를 안고
나를 벗으로 삼고 형제로 삼는다.

우리들은 같은 향수로 고민하고
갖가지 고향의 꿈을 꾸고
아버지 집에서 지낸 옛 나날을
소리 죽여 애기한다.

'봄의 폭풍우' 에서

밤바람이 창 밖의 나뭇가지에서 속삭이고 달빛이 붉은 돌
바닥에 비쳐든다. 고향의 친구여, 그대들은 무엇을 하고 있

는가? 그대들은 손에 꽃을 들고 있는가, 또는 수류탄을 들고 있는가? 그대들은 아직 살아 있는가? 그대들은 나에게 그리운 편지를 써서 보낼 것인가, 또는 비난하는 기사를 쓸 것인가? 친구여, 그대들의 원대로 하는 것이 좋다. 하지만 무엇보다 한 순간이라도 좋으니 인생이란 얼마나 짧은 것인가를 생각하는 것이 좋다.

'테신' 에서

　큰일에는 진지하게 덤비지만 작은 일에는 손을 빼는 것이 당연하다고 생각하는 것, 몰락은 언제나 거기에서 비롯된다. 인류는 존경하지만 자기 하인은 괴롭힌다. 조국이나 교회나 당은 신성한 것이라고 생각하지만, 일상의 일은 거칠고 소홀하게 다루는 태도, 거기에서 언제나 붕괴는 비롯된다.

'어떤 소설을 읽고' 에서

　자기 생활은 밝게 넘어가거나 한 계단 한 계단 전진해 가는 것이어야 한다, 마치 음악이 테마와 템포를 차례로 바꾸어서 한 곡을 끝내고 완성시키고 뒤에 남기고 결코 지치지 않고 잠들지 않고 언제나 눈뜨고 언제나 완전하게 현존하는 것처럼 자기의 생활도 여러 장소를 차례로 지나쳐서 뒤에 남겨 가는 것이어야 한다고 나는 생각했습니다.

'유리알 유희' 에서

　이른바 현실은 나에게 있어서 그렇게 커다란 역할을 연출하지는 않고, 과거는 흔히 현재와 마찬가지로 내 마음을 가

득 채워서 현재는 오히려 한없이 멀리 있는 것처럼 생각된
다. 나는 미래조차도 대부분의 사람이 하듯이 그렇게 과거로
부터 확연하게 구별할 수 없다. 나는 오히려 미래 속에서 살
고 있는 경우가 많은 것이다.

'마술사의 유년 시절'에서

　오늘날에는 나도 명성과 성공이 무엇을 의미하는가를 잘
알고 있다. 우리들의 오늘날의 명성이라는 것은 인간 그 자
체라든지 필생의 작품에 대해서 주어지는 것이 아니고, 판
(版)을 더한 기록과 유행에 편승한 성공에 대해서 주어지는
것이다. 어제에 일약 유명해져서 다투어 읽히던 작가가 모레
가 되면 벌써 시를 쓰더라도, 어제 협력을 원하면서 쇄도해
왔던 그 같은 편집자로부터 분하게도 채택할 수 없다는 거절
을 당하는 것이다.

'어느 시인을 찾아서'에서

　명성 중에서 아직 커다란 성공을 바라지도 않고 시샘도 받
지 않고 고립되지도 않은 명성이 가장 감미로운 것이다.

'봄의 폭풍우'에서

　일찍이 나는 세상이라는 것을 사랑한 적이 없다. 나를 이
름이나 도장으로 알고 있는 그런 사람들 사이에서 살면서 진
심으로 즐긴 예가 없다. 나의 생활은 아무리 개인적인 것이
라 하더라도 만족하다고 생각되는 경우는 없었다.

'어느 시인을 찾아서'에서

고향 마을은 나에게 있어서 지금도 마을이라는 것의 전형
이고 원형이다. 또 그곳의 인간이나 역사는 모든 인간의 고
향과 운명의 전형이고 원형이다. 타향에 있으면서 무엇인가
새로운 것, 거리, 문, 정원, 노인, 가족 등을 알게 되는 일이
있는데, 그런 새로운 것이 나에게 있어서 정말로 신선하게
느껴지게 되려면 그것들에 부수되는 무엇인가가, 가령 아주
조금이라 할지라도 고향이나 옛날의 일을 상기시켜 주는 순
간이 필요하다.

'모르군'에서

9월의 초원을 걸으면서 들사프란을 찾아보면 겨우 한 개
가 발견된다. 그런데 그 한 개를 찾고 보면 한 개, 또 한 개,
하고 갑자기 많은, 백 개의, 그 이상의 들사프란이 발견된다.
추억도 찾아 내려고 하면 처음엔 전혀 찾아지지 않다가도 최
초의 한두 개가 찾아지면 갑자기 열이나 백, 그보다 더 많은
추억이 나타나서 새가 무리짓듯이 추억에 둘러싸여 버리는
것이다.

'오이겐 지겔'에서

내가 줄 수 있는 것보다 훨씬 더 많은 것을 인생이나 친구
들로부터 얻게 되는 것이 언제나 나의 운명이라고도 할 만한
것이었다.

'향수'에서

　친구가 있다면 친구와 포도주를 마시며 한때를 보내면서
이 기묘한 인생에 대해서 악의 없는 잡담을 지껄이는 그것이
실제로는 사람이 가질 수 있는 최선의 것이다.

'봄의 폭풍우' 에서

　나는 대개 매력 있는 친구와 함께 있습니다. 어느 때는 작
은 새와 함께이고, 어느 때는 꽃이나 나비 곁에 있습니다. 그
리고 밤에는 고급 꼬냑을 마십니다.

'서간' 에서

　명성이나 미주(美酒)나 사랑이나 지성보다 더욱 귀하고
나를 행복하게 해 준 것은 우정이었다. 내가 지니고 태어난,
우울해하는 버릇을 고쳐서 나의 청춘 시절을 다치지 않고 싱
싱하게, 새벽 노을처럼 유지시켜 준 것은 결국 우정뿐이었
다. 그리고 지금도 나는 이 세상에 사나이 사이의 성실하고
훌륭한 우정만큼 멋진 것은 없다고 생각하고 있다. 그리고
언젠가 쓸쓸한 날에 청춘에의 향수와 같은 것이 나를 엄습한
다면, 그것은 오로지 학생 시절의 우정 때문일 것이다.

'향수' 에서

　실연의 상처는 나를 술꾼으로 만들었다. 나의 생애와 인격
적 형성에 있어서 이 일은 이제까지 얘기한 어떤 일보다 중
대한 것이다. 강렬하고 감미로운 주신(酒神)은 나의 충실한
벗이 되었다. 그것은 오늘까지 계속되고 있다. 주신처럼 강
렬한 것이 달리 또 있을까? 누가 이처럼 환상적이고 열광적

인생　57

이며, 즐겁고 우울할 수 있단 말인가? 그는 영웅이고 마술사다. 그는 유혹자고 에로스의 형제다. 그는 불가능한 일을 가능하게 한다. 가련한 인간의 마음을 아름답고 묘한 시로 가득 채운다……. 술이란 그런 것이다. 술은 모든 고귀한 선물이나 예술과 비슷한 점이 있다. 그것은 사랑받고 갈구되고 이해되고 애써서 획득되기를 원한다. 또한 술은 수많은 사람을 죽이게 된다. 술은 늙게 하고, 죽이고, 혹은 가슴속의 정신의 불꽃을 꺼 버린다. 그러나 이 감미로운 총아는 향연에 초대해서 무지개의 가교를 건너 행복의 섬으로 가게 해 주는 것이다.

'향수'에서

인간과 인간성

자아(自我)

그대는 자기와 타인을 비교해 봐서는 안 된다. 만약 자연이 그대를 박쥐로 만들었다고 한다면 그대는 타조가 되고 싶다는 따위의 생각을 해서는 안 된다. 그대는 흔히 자신을 괴짜라고 생각하고 자기는 대부분의 사람과 다른 길을 걷고 있다고 자신을 비난한다. 그러나 그런 일은 잊어버리지 않으면 안 된다. 불을 보라. 구름을 보라. 그리고 예감이 생기고 그대의 영혼 속의 소리가 얘기를 시작하면 거기에 몸을 맡기고, 그런 일이 아버지나 하느님의 마음에 들 것인지, 그들이 좋아할 것인지, 하는 따위를 문제 삼는 것은 집어치우라. 그런 것은 오히려 몸을 망친다. 그런 짓을 하면 보통의 길을 걸어가게 되고, 화석이 되어 버리는 것이다.

'데미안' 에서

약삭빠른 말재주는 가치가 없다, 전혀. 다만 자기 자신에게서 이탈되어 갈 뿐이다. 자기 자신에게서 이탈된다는 것은

죄악이다. 거북처럼 자기 자신 속으로 완전히 파고들지 않으
면 안 된다.

'데미안' 에서

우리들의 내부에 모든 것을 알 수 있는 무엇이 있다는 사
실을 아는 것은 매우 중요한 일이다.

'데미안' 에서

고백

다정한 가상(假象)이여, 너의 희롱에
기꺼이 몸을 맡기고 있는 나를 보아라.
다른 사람들은 목적이나 목표를 가지고 있지만
나는 살아 있는 것만으로도 이미 충분한 거다.

일찍이 나의 감각을 뒤흔들었던 것은
모든 무한한 것, 유일한 것의
비유와 같이 생각된다.
그것만을 나는 끊임없이 생생하게 느낄 뿐이다.

그러한 상형 문자를 푸는 일이
끊임없이 나에게 사는 보람을 느끼게 하겠지.
왜냐하면 영원한 것, 본질적인 것이
나 자신 속에 살고 있음을 알고 있으니까.

자기 내부에 세계를 가지고 있는지 어떤지 하는 것과 가지고 있는 세계를 의식하고 있는지 어떤지 하는 것과의 사이에는 커다란 차이가 있다. 광인이 플라톤을 연상시킬 만한 생각을 낳기도 하지만 거기에 대해서는 아무것도 의식하지 않고 있다. 의식하지 않는 한 나무나 돌이고, 기껏해야 동물에 지나지 않는다. 그런데 이 의식의 최초의 불꽃이 희미하게 나타나게 되면 비로소 인간이 되는 것이다. 누구라도 두 다리로 똑바로 서서 걷고, 9개월 동안 아이를 뱃속에 넣어 둔다는 것만으로 인간이라고 생각하지는 않으리라. 그의 내부의 얼마나 많은 것이 물고기나 염소, 벌레나 개구리이고, 얼마나 많은 것이 개미이고 벌인가는 우리가 지금 보고 있는 그대로다. 그러니까 그들 각각의 내부에는 인간이 될 가능성은 숨겨져 있는 것이지만 스스로 그 가능성을 예감하고 점점 그것을 의식하도록 연습을 계속해서 비로소 그 가능성은 그 사람의 것이 되는 법이다.

'데미안'에서

모든 인간의 생활은 자기 자신으로 향하는 하나의 길이고 그 길의 시도이며 오솔길로의 암시이다. 어떤 사람이라 할지라도 일찍이 철저하게 자기 자신이었던 적은 없다. 그럼에도 불구하고 누구나 다 그렇게 되어 보려고 애쓴다. 어떤 사람은 막연하게, 어떤 사람은 보다 분명하게 자기의 힘에 따라서, 사람은 누구나 자기의 탄생의 잔재를, 원시 세계의 점액을, 알의 껍데기를 죽음에 이르기까지 몸에 지닌다. 끝내 인간이 못 되고 개구리나 도마뱀이나 개미인 채로 머무는 자도 있다. 상반신은 인간이고 하반신은 물고기인 사람도 있다. 그러나 사람은 각각 누구나 다 자연이 인간을 향해 던진 하나의 투척(投擲)이다. 우리들의 본성 그리고 우리 모두가 생겨난 곳, 그곳은 똑같은 어머니다. 우리는 모두 똑같은 심연에서 태어난 것이다. 그러나 심연으로부터의 하나의 시도이며 하나의 투척인 각자는 자기 나름의 목표를 향해서 노력하고 있다. 우리는 서로 이해할 수 있다. 그러나 각자는 자기 자신밖에 해명할 수가 없다.

'데미안'에서

너의 안에는 하나의 은밀한 장소, 하나의 피난처가 있다. 너는 언제나 그 속에 틀어박혀서 자기 자신과 얘기를 나눌 수가 있다. 하지만 그런 일을 할 수 있는 인간은 참으로 적다. 누구라도 할 수 있을 터인데도.

'싯다르타'에서

우리가 어떤 인간을 미워하는 경우, 우리는 단지 그의 모습을 빌어서 우리의 내부에 있는 무엇인가를 미워하고 있는 것이다. 우리의 내부에 없는 것은 절대로 우리를 흥분시키는 일이 없다.

'데미안'에서

나는 단지 나 자신 속에서 스스로 생성되는 대로 살려고 한 데에 지나지 않았다. 그런데 어째서 그것이 이다지도 어려웠던가.

'데미안'에서

여러분 한 사람 한 사람의 가슴 속에는 귀를 기울일 필요가 있는 단 한 마리, 자기 자신의 새가 있다.

'차라투스트라의 복귀'에서

대개의 인간은 바람에 날려서 빙글빙글 춤추고 방황하고 비틀거리면서 땅으로 떨어지는 나뭇잎과 비슷하다. 그러나 별을 닮은 인간도 있다. 그들은 확고한 궤도를 걷고, 어떠한 강풍도 그들에게는 닿지 않는다. 그들은 자신의 내부에 자기의 법칙과 자기의 궤도를 가지고 있는 것이다.

'싯다르타'에서

인간이라는 것은 모두 각기 영혼을 가지고 있는데, 그것을 다른 사람의 영혼과 혼합시킬 수는 없다. 두 사람의 인간은 서로 다가가고, 서로 대화하고, 혹은 기대어 있을 수는 있으리라. 그러나 그 영혼은 풀이나 꽃과 같이 각기 정해진 장소에 심어져 있어서 서로 다가설 수가 없다. 억지로 그렇게 하려면 뿌리를 자르는 수밖에 없는데, 그런 일은 실제로는 불가능하다. 꽃은 서로 사귀려면 향기나 꽃가루를 보내게 되는데, 꽃가루가 적당한 장소에 도달하게 하는 것은 꽃 자신의 힘으로가 아니고 바람의 힘인 것이다. 바람은 자기가 원하는 대로 어디로든 불어 갈 수 있는 것이다.

'크눌프'에서

　필경 사람은 누구라도 자기의 세계를 가지고 있지만, 그것을 다른 사람과 함께 가질 수는 없다.

'크눌프'에서

　아버지는 자기 아이에게 생김새뿐만 아니라 두뇌까지 유산으로 물려줄 수 있는데, 영혼만은 물려줄 수가 없다. 영혼은 각자에게 새로이 부여되는 것이다.

'크눌프'에서

　"당신은 한 포기의 나무나 하나의 산이나 한 마리의 짐승이나 혹은 한 개의 별처럼 전혀 자기만의 외톨이로 존재하고 있는 것입니다. 당신은 좋건 싫건 있는 그대로의 자기 이외의 그 무엇도 되고 싶지 않다고 생각해야 합니다."

'클라인과 바그너'에서

　사람이 자기 생활의 의의를 확인할 필요를 느꼈을 때에는 자기 업적의 객관적이고 일반적인 평가를 문제로 삼을 것이 아니라, 자기의 본질, 자기에게 부여된 것을 생활과 행위 속에서 가능한 한 완전하고 순수하게 표현하고 있는가 하는 일을 문제로 삼지 않으면 안 되는 것입니다.

'서간'에서

　모든 유혹 중에서 가장 강한 유혹은, 요컨대 본래의 자기와는 전혀 다른 것이 되고 싶다고 원하는 것, 자기가 도달할 수 없는, 또 도달해서는 안 되는 그런 모험이나 이상을 추구하는 것입니다. 따라서 이 유혹은 많은 소질을 지닌 사람인 경우, 강하고 단순한 에고이즘의 저속한 위험보다 더한층 위험한 것입니다. 즉 그것이 겉보기에는 고귀한 것, 도덕적인 가치를 지니고 있는 것 같기 때문입니다.

'서간'에서

　소년은 누구나 다 어떤 나이가 되면 한 번은 마부나 기관차의 기관사가, 그리고 사냥꾼이나 장군이, 그리고 괴테나 돈 후안과 같은 사람이 되고 싶어합니다. 그것은 자연스러운 일이고, 자연의 발전과 자기 교육의 일부를 이루는 것입니다. 이른바 공상으로 장래의 가능성을 탐색하는 것입니다. 그러나 인생은 이런 소망을 채워 주지는 않습니다. 그리고 소년이나 청년의 꿈은 스스로 사멸해 갑니다. 그러면서도 또한 사람은 자꾸만 자기에게 어울리지 않는 것을 원하고, 자기의 본성을 왜곡시킬 만한 요구를 자신에게 가해서 괴로워하는 것입니다. 그러나 그러는 동안에 우리는 내적으로 각성할 때가 있어서, 우리의 속에서 나와서 다른 사람의 속으로 들어가는 길은 없다는 것, 우리는 자기 자신에게만 주어져 있는 재능과 결점을 지니고 인생을 걸어가지 않으면 안 된다는 것을 되풀이해서 깨닫게 됩니다. 그럴 때에 또한 흔히 한 걸음 전진해서 이제까지 하지 못했던 일이 제대로 이루어지게 되어서 순간적이기는 하지만 의심도 없이 자기를 긍정하고 자기에게 만족하는 그런 일이 일어납니다. 그것은 물론 오래 계속되지는 않습니다만, 그러나 우리들 내부의 가장 심오한 것은 자기 자신이 자연히 성장해 가고 성숙해 가는 것

을 느끼도록 오로지 노력하고 있다는 것입니다. 그러고 그럴
때에만 사람은 세계와 조화되는 것입니다.

'서간'에서

당신은 일체의 힘을 쏟아서 당신 내부의 개인적인 것, 당
신밖에는 가지고 있지 않은 것, 그 아름다운 것의 형성과 성
숙으로 향하고, 또 하나의 집단적인 것을 가능한 한 떼어 버
리거나 적어도 그것을 신용하지 않게 된다면 기쁘리라고 생
각합니다. 집단적인 것은 그다지 가치가 없는 지참금(持參
金)입니다.

'서간'에서

인간

이제까지 나에게 있어서 인간은, 누구를 막론하고 똑같은
인간이라는 것 때문에 결국은 허무한 것이었다. 요즈음에 와
서야 겨우 추상적인 인간 대신에 개개의 인간을 알고 연구한
다는 것이 얼마나 보람이 있는 것인가를 알게 되었다.

'향수'에서

한 인간을 충분히 올바르게 관찰하면 그에 대해서 본인보
다도 잘 알 수 있다.

'데미안'에서

도대체 누가 타인을, 아니 하다못해 자기 자신을 제대로
알고 있는 것일까?

'동방 여행'에서

사람은 언제나 자기에게 편리하고 또한 정당하게 해 주는
것을 원하는 법이다.

'데미안'에서

인간은 누구라도 그 자신에게서뿐만 아니라 다른 어떤 사
람의 경우를 취하더라도, 세계의 여러 현상이 단 한 번만 교
차하고 그리고 두 번 다시 되풀이되는 일이 없는 그런 일회
적인, 그래서 전혀 특수한, 중요하고 주목할 가치가 있는 한
개의 점이다.

'데미안'에서

살아 있는 인간이 무엇인가에 대해서 아는 사람은 분명히
옛날보다 적다. 한 사람 한 사람이 자연의 귀중한, 다시없는
시도(試圖)라고 할 수 있다. 그러한 사람들이 수없이 살해되
어 가고 있다.

'데미안'에서

오늘날 인간이 무엇인지 아는 사람은 거의 없다. 하지만
대부분의 사람은 인간이 무엇인지를 느낄 수는 있다. 그러므
로 대부분의 사람은 보다 편하게 죽을 수 있다.

'데미안'에서

인간이라는 것은 결코 고정적이고 영속적인 형성체(形成
体)는 아니고, 오히려 하나의 시도이고 매개체이며, 자연과
정령(精靈)을 연결하는 좁고 위험한 다리에 지나지 않는다.
내면의 법칙은 그를 정령과 신으로 향하게 하고, 절실한 동
경은 그를 자연과 어머니에게로 소환한다. 인간의 생활은 이
두 개의 힘 사이를 불안에 떨면서 동요하고 있는 것이다.

'황야의 이리'에서

'인간'이라는 것은 이미 완성된 것이 아니라 영(靈)의 요
구이며, 먼 장래에 실현되는, 그 실현을 원하기도 하고 두려
워하기도 하는 가능성이다.

'황야의 이리'에서

실제로 자아라는 것은 존재하지 않는다. 극히 단순한 통일
체도 존재하지 않고, 그것은 극히 복잡한 세계, 한 개의 작은
우주이고, 여러 형식, 여러 계단, 여러 상태, 여러 전승(傳
承), 여러 가능성의 혼돈계(混沌界)이다. 이 혼돈을 묶어서
일원적으로 생각하려 하고, 자아(自我)를 단순하고 뚜렷한
형식을 가진, 윤곽이 분명한 현상인 것처럼 운운하는 일은
누구나가 피하기 어려운 환상이어서, 참으로 이것은 필요한
일이고, 호흡이나 식사와 마찬가지로 생활의 필연적인 요구
이다.

'황야의 이리'에서

가령 원시적인 흑인이나 백치라도, 적어도 인간인 이상은
그 자체의 본성이 두 개나 세 개의 요소의 총화라고 설명될
정도로 편리하게 단순화되지는 않는다.

'황야의 이리'에서

자기를 하나의 통일체로 생각하는 것은 모든 인간의 어쩔
수 없는 필연의 요구이다.

'황야의 이리'에서

그는 인간과 이리의 두 가지 성질을 갖추고 있었다. 이것
이 그의 운명이었다. 그리고 아마도 이러한 운명은 결코 특
별한 것도 희귀한 것도 아닐지 모른다. 이제까지도 개나 여
우나 물고기나 뱀의 성질을 다분히 갖추고 있고, 그러면서도
특별하게 곤란한 모습을 보이지 않는 사람들이 많이 있지 않
았는가. 그러한 사람들에게 있어서는 인간과 여우, 인간과
물고기가 함께 살고 있으면서 서로 상처를 입히지 않을 뿐만
아니라 서로가 돕고 있는 것이다. 또한 성공해서 부러움을
사고 있는 많은 사람들에게 있어서는 그들을 성공으로 이끈
것이 오히려 여우나 원숭이였던 적도 있었던 것이다.

'황야의 이리'에서

깊은 의미에 있어서의 광기(狂氣)가 모든 지혜의 시초임
과 마찬가지로 정신 분열은 모든 기술이나 공상의 시초이다.

'황야의 이리'에서

'황야의 이리' 인 나는 오직 뛰고 또 뛰었다.

세계는 눈에 묻혀 있다.

자작나무에서 까마귀가 날아올랐다.

그러나 토끼는 어디에도 없다. 새끼사슴도 어디에도 없다.

이다지도 나는 새끼사슴에 열중해 있다.

한 마리라도 발견하면 좋겠는데…….

나는 그것을 붙잡아서 물어뜯겠지.

이 이상의 즐거움이 또 있을까 ?

나는 그놈을 진심으로 귀여워해 주겠지.

나는 그 부드러운 허벅지를 덥석 이빨로 물고

담홍색의 피를 배불리 빨고

밤새도록 혼자서 포효하겠지.

토끼라도 잡아 두자.

그 따뜻한 고기는 밤에는 맛있을 거다 ──

아아, 그럼 모든 것이 나를 버렸다는 건가?

나의 생활을 얼마쯤이라도 즐겁게 해주는 것은.

나의 꼬리는 이제 회색이다.

눈도 흐려져 왔다.

아내도 벌써 죽어 버렸다.

게다가 나는 이렇게 뛰어다니면서

새끼사슴과 토끼의 꿈을 꾸고

겨울밤의 거친 바람 소리를 듣고

눈을 핥아서 타들어가는 목을 적시고

그리고 내 가련한 영혼을 악마에게 팔았던 거다.

'황야의 이리' 에서

이른바 '인간'이라는 개념이 의미하는 것은 흔히 단순한 일시적인, 시민적인 약속에 지나지 않는 경우가 있다. 이 협정에 의해서 극히 원시적인 본능은 배제되고 금지되며, 소량의 자각과 미풍(美風)과 교화(敎化)가 요망된다. 극히 빈약한 정신은 단순히 허용될 뿐만 아니라 필요한 것으로조차 간주되고 있다. 이 협정에 의해 '인간'된 자는 모든 시민적인 이상(理想)과 마찬가지로 인류의 어머니인 자연과 인류의 아버지인 정신을 속이고 그 격렬한 요구를 배반하여, 방해됨이 없이 그 양자의 중간에 위치하려는 하나의 타협, 비겁하고 무지한, 게다가 '교활한 하나의 시도'가 된다.

'황야의 이리'에서

권력가는 권력 때문에 몸을 망치고, 금력가는 금력 때문에, 굴종적인 인간은 굴종(屈從) 때문에, 향락적인 사람은 향락 때문에 몸을 망친다. 그와 마찬가지로 '황야의 이리'는 자유 때문에 몸을 망쳤다.

'황야의 이리'에서

인간 사회의 영구적인 상태로서 소위 '시민적'인 것은 요컨대 균등화의 시도, 즉 인간 행위의 무수한 극단과 대립사이의 평균화의 노력 이외에 아무것도 아니다. 가령 이러한 대립의 하나로서 성인과 방탕자를 예로 들어 본다면, 이 입언(立言)의 의미는 곧 명백해질 것이다. 인간은 정신적인 것, 신에 접근하려는 시도에, 성스러운 이상에 완전히 열중하는 경우가 있다. 또 그 반대로 본능 생활이나 육욕에 열중

하고, 순간적인 향락을 얻기 위해서 온 노력을 기울이기도
한다. 한쪽의 길은 성자, 순교자, 신에의 헌신으로 통하고,
다른 쪽의 길은 방탕자, 육욕의 희생자, 철저한 타락으로 통
한다. 그리고 시민은 이 두 가지에서 적당한 중간의 생활을
하려고 한다. 시민은 결코 육욕에 진력하거나 열중하지는 않
는다. 순교자가 되거나 자기의 파멸을 긍정하거나 하지도 않
는다. 그의 이상은 헌신이 아니고 자기 보존이며, 성자가 되
려고 노력하는 것도 아니고 그 반대가 되려는 것도 아니다.
절대라는 것은 그로서는 견딜 수 없는 일인 것이다.

'황야의 이리'에서

　　시민이란 그 본질상 생활 충동이 박약한 인간이고, 자기를
희생시키는 것을 몹시 두려워하는, 제어하기 쉬운 존재이다.
그렇기 때문에 시인은 독점 권력 대신에 다수제(多數制)를,
폭력 대신에 법률을, 책임을 지는 대신에 채점법(採點法)을
정한 것이다.

'황야의 이리'에서

　　높은 율법을 타고난 인간은 피투성이이고 도취적인 인생
의 혼돈 속에 잠기고 먼지와 피에 젖더라도 비소해지지 않
고, 자기 속의 정신적인 것을 죽이지도 않는다. 깊은 어둠에
싸이더라도 영혼의 신성한 내부에 있는 신적인 빛과 창조력
은 사라지는 일이 없다.

'나르치스와 골드문트'에서

항상 우리의 내부에 깃들여 우리에게서 전혀 떠나지 않는
그런 마음의 평화는 존재하지 않는다. 마음의 평화는 언제나
되풀이되는 부단한 싸움에 의해서 나날이 새로 쟁취하지 않
으면 안 되는 것이다. 모든 올바른 생활이 그렇듯이 마음의
평화는 싸움이고 희생이다.

'나르치스와 골드문트' 에서

인간은 누구든지, 금욕자건 자기 자신에게 회의를 품고 있
는 자건 허영심이 있다.

'뉘른베르크 기행' 에서

어떤 인간이든지 끊임없이 무언가 불가능한 것을 지향하
고 있다. 가장 못생긴 사내라도 미남자의 이상을, 가장 어리
석은 자라도 현자의 이상을, 가장 가난한 자라도 대부호의
이상을 마음속에 지니고 있다. 나폴레옹을 생각하지 않는 소
위(少尉)는 없고, 때때로 자신을 원숭이로, 자기의 성공을
도박판의 판돈으로, 자기의 목표를 환영으로 느끼지 않는 그
런 나폴레옹은 없다.

'꿈꾼 후' 에서

아마도 인간은 체험의 욕망에 이어서 망각의 욕망만큼 강
한 욕망은 가지고 있지 않으리라.

'동방 여행' 에서

인생의 온갖 실상(實相)이 싸움이고 고뇌이며, 비속과 추악 그 자체라 할지라도 —— 그 밖에도 또 한 가지가 있다. 그것은 즉 자기를 신과 대면시키는 인간의 능력, 양심이 존재하는 것이다. 양심도 우리를 고뇌와 죽음의 불안 속으로 이끌고, 비참함과 죄 속으로 이끌고 가기도 한다. 그러나 양심은 견딜 수 없이 괴로운, 무의미한 세계에서 우리를 건져 주고, 우리를 이끌어서 의미와 본질과 영원과 관계를 맺게 하는 것이다. 양심은 도덕이나 법률과는 아무런 관계도 없다. 그런 것들과 생사를 건 무서운 싸움을 하기도 한다. 그러나 양심은 한없이 강해서 그것은 나태보다, 이기심보다, 허영심보다 더 강하다. 그것은 비참함의 밑바닥이나 미망(迷妄)의 저쪽에 있어도 항상 한 줄기의 샛길을 열어 놓는다. 그것은 사람을 죽음에 바쳐진 세계로 데리고 가는 것이 아니라 그것을 넘어서 신에게 이르는 길로 이끄는 것이다.

'도스토예프스키에 대하여' 에서

어떤 인간에게도 언제나 고뇌와 절망의 피안에 생의 의미를 부여하고, 죽음을 두려워하지 않게 하는 조용한 길이 열려 있다. 어떤 사람은 자기의 양심을 짓밟고 죄를 범하고, 모든 지옥을 체험하고, 모든 죄업으로 몸을 더럽혀 끝내는 깊은 숨을 내쉬며 자기의 미오(迷誤)를 깨달으며 전신(轉身)의 시기를 체험하기에 이른다. 또 어떤 사람들은 처음부터 자기의 양심과 친밀한 관계를 맺으며 산다. 이는 예가 드문, 행복하고 성스러운 사람들이다. 그들에게 어떠한 일이 일어나더라도 그것은 그들의 외부를 건드릴 뿐 마음이 그것 때문에

손상되지는 않는다. 그들은 언제나 청결하며, 그들의 얼굴에
서는 미소가 사라지지 않는다.

'도스토예프스키에 대하여' 에서

　머리를 짜내어 생각해 보아도 아무런 가치가 없다. 인간은
생각한 대로 실행하는 것이 아니다. 오히려 실제로는 생각하
지도 않고 그저 마음이 내키는 대로 발을 옮겨 놓는 데 지나
지 않는다.

'크눌프' 에서

　인간의 행동은 백에 하나라도 합리적인 사고 방식에서 출
발하는 것이 아니다. 누구나 어떤 행위가 불합리하다는 것을
충분히 알면서도 그것을 열광적으로 해치우는 것이다.

'전쟁과 평화' 에서

　인간으로서 우리의 과제는 우리 자신에게 단 한 번 주어진
개인의 생애에 있어서 동물에서 인간으로 한 걸음 전진하는
일이다.

'살인하지 말라' 에서

　인간은 동물이 아니다. 따지고 보면 인간은 고정된 것도
만들어진 것도 완성된 것도 아니고, 일회에 한하는 것도 임
의적인 것도 아니며, 생성되어 가고 있는 것이고, 시작(試
作)이고, 예감이고 미래이며, 새로운 형식과 가능성에 대한
자연의 구상이고 동경이다.

'전쟁과 평화' 에서

"우리 두 사람이 비슷한 점은 둘이 모두 가끔 자기 마음 속에 있는 일을 해치운다는 것입니다. 이것은 정말 희귀한 일이어서 대부분의 인간은 그런 것을 전혀 모릅니다. 나도 그것을 모르고 자기 자신의 것이 아닌 것, 그저 배워서 안 것, 착한 것, 올바른 것만을 지껄이거나 생각하거나 행하거나 살리거나 해 왔습니다. 그런데 드디어 어느 날 그것이 끝장이 나게 되었습니다. 이제 그런 것은 못 하게 되었고 나는 그것으로부터 도망치지 않으면 안 되게 되었습니다. 착한 것은 이미 착하지 않게 되고 올바른 것도 옳지 않게 되어서 이 젠 인생이 견딜 수 없게 된 것입니다. 하지만 역시 나는 참아 야겠다고 생각하고 있습니다. 어떤 괴로운 일이 있더라도 인 생을 사랑하고 있는 것입니다."

'클라인과 바그너' 에서

"어떤 감정도 시시하다든지 가치가 없다고 말해서는 안 됩니다. 어떤 감정이든 유익한 것입니다. 매우 유익한 것입 니다. 증오건 선망이건 질투건 무자비건. 우리는 우리의 가 난하고 아름답고 멋진 감정에 의해서 살고 있는 것입니다. 우리가 그 어떤 감정을 부당하게 다루면 그건 별을 지워 버 리는 일이 되고 맙니다."

'클링소르의 마지막 여름' 에서

인간의 강령(綱領)은 동일하지 않다. 머리 속으로만, 그저 말로만 의견을 같이하는 자보다 자기에게 반대하는 자, 공공연하게 적대하는 자에게서 보다 많은 기쁨을 받아들이고 보다 많은, 좋은 것을 배울 수 있다.

'서간' 에서

   개같이 게으른 자, 돼지같이 살찐 향락가가 되기란 얼마나 쉬운 일인지 거의 믿어지지 않을 정도이다.

'요양객' 에서

   현미경 밑에 놓으면 보통 눈에 보이지 않는 것, 혹은 추한 것, 가령 대변 조각이 멋진 별들이 되기도 하듯이, 영혼의 아주 작은 움직임도 그것이 아무리 나쁘고 어리석고 미치광이처럼 보이더라도 진짜의 심리학(이것은 아직 존재하지 않지만)이라는 현미경으로 보면 신성하고 경건한 것으로 보이리라. 왜냐하면 그 속에 보이는 것은 우리가 알고 있는 가장 신성한 것, 즉 인생의 하나의 예나 하나의 비유에 지나지 않기 때문이다.

'요양객' 에서

   중국 책에 나오는 '현인' 또는 '완성자' 라는 것은 인도나 소크라테스의 '선한 사람' 과 같은 형의 사람입니다. 그 사람이 갖추고 있는 힘의 본질은 때려죽일 용의가 있다는 것이 아니고 타살을 당할 용의가 있다는 데에 있습니다.

'서간' 에서

나는 인간이 거짓이라는 매끄러운 교질(膠質)로 둘러싸여 있음으로써, 특히 다른 자연물과 서로 다르다는 것을 알고는 놀랐다. 그리고 나는 모든 친지에게 같은 현상이 있음을 알았다. 그것은 누구나 다 한 인간을, 명확한 인물상을 나타내도록 요구받고 있으면서도 실은 아무도 자기의 본질을 모르고 있는 사태의 결과인 것이다. 그리고 나 자신에게서도 같은 사실을 확인했을 때엔 특별한 감명을 받아서 그로부터 인간의 핵심에까지 추구해 가려는 시도를 포기하고 말았다. 대부분의 인간에게 있어서는 그를 둘러싼 교질이 훨씬 중요했던 것이다.

'향수' 에서

인간이 자기 몸에서 일어나는 일을 진정한 민감함과 참신함으로 체험할 수 있는 것은 극히 어릴 때로 한정되어 있어서 기껏해야 열셋이나 열넷까지이다. 그 후부터의 일생은 조금씩 그것을 맛보면서 살아가고 있을 뿐이다.

'로스할데' 에서

사형을 선고받은 인간, 허물어지는 벽 틈에 끼워져 있다가 간신히 도망쳐 나온 인간에게 있어서 아름다움이나 조화가 무슨 소용이 있을까.

'마술사의 유년 시절' 에서

어떤 항아리라도 절대로 넘치는 일이 없을 만큼 크지는
않다.

'요양객' 에서

　신이 생각한 인간, 여러 나라의 문학이나 지혜가 몇천 년
에 걸쳐서 이해해 온 그런 인간은 자기에게 직접 소용되지
않는 것에 대해서도 미적 감각을 가지고 즐기는 능력을 부여
받고 있다. 인간의 미에 대한 기쁨에는 정신과 감각이 고르
게 관여하고 있다. 그리고 인간이 생활의 고난이나 위험의
복판에서도 자연이나 회화의 색채의 유희나, 폭풍우나 바다
의 소리 속에 있는 부름이나, 인간에 의해서 만들어진 음악
등을 즐길 수 있는 한, 표면에 나타나 있는 이해나 곤궁의 그
늘에서 세계를 전체로서 보거나 느끼거나 할 수 있는 한, 그
세계 속에서 장난치고 있는 새끼고양이의 머리의 움직임에
서부터 소나타의 변주곡에 이르기까지, 개의 귀여운 눈길에
서부터 어느 시인의 비극에 이르기까지 무수히 많은 관련 ·
상응 · 유사 · 반영이 존재하고 있어 그 영원으로 흐르는 말
속에서 듣는 자에게 기쁨과 지혜, 농담과 감동이 주어지는
한 —— 그런 한에서는, 인간은 자기의 문제를 반복해서 정
복하고 자기의 존재에 반복해서 의미를 부여할 수가 있으리
라. 왜냐하면 의미야말로 바로 다양한 것의 통일이고, 혹은
적어도 혼란한 세계를 통일과 조화로서 예감하는 정신의 능
력이기 때문이다.

'행복론' 에서

일찍이 전(前) 시대의 대학에서는 파우스트적인 성격의 젊은이가 들끓던 시기가 있었다. 그들은 돛을 활짝 펴고 학문과 대학의 자유의 바다로 출범했지만, 방일한 딜레탕티즘 때문에 난파되지 않을 수 없었다. 파우스트 자신이 천재적 딜레탕티즘과 그 비극의 원형이었던 것이다.

'유리알 유희'에서

그대는 서양인, 나는 중국인이어서 서로 다른 언어를 쓴다고 하자. 그렇더라도 우리에게 선의가 있다면 서로가 매우 많은 것을 전할 수 있고, 엄밀하게 전달하는 것 이상으로 대단히 많은 것을 느껴 알 수 있으리라.

'유리알 유희'에서

지상의 인간은 누구든지 원칙적으로 다른 누구와도 얘기를 나눌 수 있다고도 말할 수 있고, 이 세상에는 정말 간격이 없는 친밀한 전달과 이해가 이루어질 두 사람의 인간은 없다고도 말할 수 있다 —— 어느 쪽의 이론도 진실이다.

'유리알 유희'에서

한 인간이 일생 동안 언제나 변함없이 정신을 존중하고 자연을 경멸할 수 있다는 것, 언제나 혁명가여서 절대로 보수파는 될 수 없다는 것, 혹은 그 반대인 것, 그것은 나에게는 매우 지조가 있고 성격이 견고한, 의연한 태도인 것처럼 생각되기는 하지만, 그러나 또한 언제나 먹기만 하려고 한다든

지 언제까지나 잠만 자려고 하는 것과 마찬가지로 곤란하고
지겨운 미치광이 비슷한 것처럼도 생각된다.

'요양객' 에서

　은거의 행복 속에서 나는 다음과 같은 지혜를 배웠다. 즉
모든 사물에서 격리되고 싶다는 홀가분함을 떼어 버리지 말
것, 어떤 것도 일상적인 거리의 참혹하고 차가운 빛 속에 두
지 말 것, 금박(金箔)을 한 것처럼 살며시 조심하면서 조용
하게 닫힐 것.

'관찰, 푸른 저쪽' 에서

　명지(明智)를 얻어서 모든 시간적 · 개인적인 속박을 떨쳐
버린 인간만큼 고귀한 관물(觀物)은 없다. 이런 경지에 도달
했다고 생각되는 사람을 만나면 무엇에도 비교되지 않을 정
도의 흥미를 느낀다. 그리고 우리가 모든 신앙과 모든 명지
에 절망하기 시작했을 때에 그런 현인의 길을 더듬어서 그
사람도 때로는 인간적이고 허약하며 무력했었음을 안다는
것은 확실히 하나의 위안이 될 수 있다.

'괴테에의 감사' 에서

　나는 인간을 두 가지의 주요한 유형으로 분류한다. 즉 이
성인(理性人)과 경건인(敬虔人)이다.

'신학 단편' 에서

    경건인의 신앙과 생활 감정의 기초는 외경이다. 그것은 특히 두 가지의 주요한 특징에 있어서, 즉 자연에 대한 강한 감수성과 초이성적인 세계 질서의 신앙에 있어서 나타난다. 경건인은 일단 이성이 뛰어난 재능임을 인정하기는 하지만, 그것이 세계를 인식하고 나아가 지배하기에 족한 수단이라고는 생각하지 않는다.

'신학 단편'에서

    이성인에게 있어서 가장 무서운 적은 죽음이고, 생활과 행위의 무상(無常)에 대한 생각이다. 그는 죽음을 생각하는 것을 애써서 피하지만, 아무래도 죽음의 생각에서 벗어날 수 없는 경우에는 행동 속으로 도피해서 재화·인식·법칙, 세계의 이성적인 지배에의 노력을 배가시켜서 죽음에 대항한다. 그의 불사의 신앙은 진보의 신앙이다. 그것은 진보의 영원한 쇠사슬을 통해 완전한 소멸로부터 지켜지고 있다고 믿는 것이다.

'신학 단편'에서

    이성인은 진보를 믿는다. 그는 오늘날의 인간이 옛날보다 사격에 능하고 빠르게 여행할 수 있다는 데 주목하고, 이런 진보에는 무수한 퇴보가 대립하고 있음은 보려고도 하지 않으며 볼 수도 없다.

'신학 단편'에서

이성인은 자연과 예술에 대해서 항상 불안감을 갖는다. 어떤 때는 경멸적으로 그것을 천시하고, 어떤 때는 광신적으로 그것을 과대 평가한다. 미술품, 골동품에 대해서 거액의 돈을 지불하거나, 조류나 짐승이나 인디언의 보호에 열중하거나 하는 것도 이성인이다.

'신학 단편'에서

지(知)는 행위이다. 지는 경험이다. 지는 영속하지 않는다. 지는 순간적인 것이다.

'신학 단편'에서

천재(天才)

천재라는 극도로 높여진 생명은 그 반대의 극인 죽음과 광기로 쉽게 전화(轉化)된다. 왜냐하면 천재는 자기의 생존을 무서운 불행의 실례(實例), 위대하고 대담한 시도이기는 하지만 완전히 성공하지는 못한 자연의 제작품임을 인식하기 때문이다. 인류라는 나무의 가장 고귀한 열매로서 이의 없이 승인되는 천재는 생물학적 메커니즘으로부터는 아무런 보호도 받지 못하고, 더군다나 번식의 길은 주어지지 않는다. 천재는 사람의 세상에 있어서 등대가 되고 동경의 대상이 되기는 하지만, 스스로는 이 세상의 답답함에 질식하지 않으면 안 된다. 천재는 이런 운명을 지니고 태어난 것이다.

'노발리스에 부쳐'에서

　정신적인 사람들의 그 이상한 운명은 언제나 후세 사람들의 깊은 관심을 불러일으켜 왔다. 실로 그런 사람들의 운명에는 천재라는 것이 단순히 정신사(精神史)에서뿐만 아니라 그 이상의 생물학적으로 문제가 될 만한 것이 있음이 뚜렷하게 나타나 있기 때문이다. 근세의 독일 정신사에 있어서 이런 종류의 가장 고귀한 모습으로 거론되는 것은 횔덜린과 니체와 노발리스이다. 횔덜린과 니체는 이 세상의 생존에 견디지 못하게 되었을 때 광기의 세계로 들어갔고, 노발리스는 죽음의 세계로 돌아갔다.

'노발리스에 부쳐'에서

　천재는 어떠한 장소에 출현하건 환경에 의해서 교살당하거나 환경을 제압하거나 둘 중의 하나이다. 천재는 만인에게 인류의 꽃으로 인정되면서 도처에 고난과 혼란을 야기시킨다. 천재는 항상 고립해서 태어나 고독한 운명을 갖는다. 천재가 유전되는 일은 있을 수 없다.

'괴테와 베티나'에서

　천재와 교사들 사이에는 예로부터 깊은 도랑이 있었다. 학교 안의 천재란 교사들에게 있어서는 언제나 증오의 표적이었다. 교사들에게 천재라는 것은 교사를 존경하지 않고, 열네 살에 담배를 피우기 시작하고, 열다섯에 사랑을 알고, 열여섯에 선술집에 출입하며, 금지된 책을 읽고, 불손한 문장을 쓰며, 때로는 교사를 조소적으로 노려보고, 일지 속에 선동자나 근신 후보자로 기록되는 부랑아들이다. 학교 교사는 자기 반에

한 사람의 천재보다도 두세 명의 둔재(鈍才)를 두고 싶어한다.
그리고 잘 생각해 보면 그것은 지당하다. 교사의 역할은 파격
적인 인간을 양성하는 것이 아니라, 라틴어에 능한 자, 훌륭한
계산가, 우직하고 견실한 인간을 만드는 데 있기 때문이다.

'수레바퀴 아래서' 에서

천재란 사랑할 줄 아는 힘이고, 온몸을 바치고 싶다고 갈
망하는 마음이다.

'서간' 에서

영웅

영웅이라는 것은 초개인적인 것이다. 그렇기 때문에 우리는
천부적으로 위대한 사람들이 보통의 소인이라면 대수롭지 않
게 해결해 버릴 만한 모순 때문에 쉽게 파멸하는 것을 본다.

'관찰, 횔덜린에 대하여' 에서

자기 길을 걷는 사람은 누구나 다 영웅입니다. 자기가 할
수 있는 일을 정말로 행하면서 사는 사람은 누구나 다 영웅
인 것입니다. 가령 그럴 때에 어리석은 일, 시대에 뒤떨어진
것을 하더라도. 아름다운 이상을 입에만 올릴 뿐 거기에 몸
바치려 하지 않는 다른 천 명의 사람들보다는 훨씬 영웅입니
다. 인간이라는 것은 진부한 낡은 신들을 위해서 다시 없이
고귀하게 싸워서 죽을 수 있습니다. 그런 사람은 아마도 돈

키호테와 같은 인상을 주겠지만, 돈키호테야말로 완전한 영
웅이고 완전히 고귀한 사람인 것입니다.

'서간'에서

'영웅'이란 순종하는 소박한 시민의 의무 이행자를 말하
는 것은 아니다. 자기의 마음, 자기의 숭고한 자연의 천성을
자기의 운명으로 삼은 자만이 영웅적이다. 자기의 운명을 걸
머지는 용기를 가진 자만이 영웅인 것이다.

'관찰, 이기심'에서

인간의 군거(群居) 정신은 모든 인간에게 무엇보다도 먼저
순응과 종속을 요구하지만, 최고의 영예는 결코 온유하고 겁 많
고 다루기 쉬운 자들에게가 아니고 영웅들에게 주어진 것이다.

'관찰, 이기심'에서

여기에 아주 기묘한 것이 있다. 인간이 멋대로 정한 규율
을 멸시하고, 자기 자신의 내적 규율을 따르는 극히 소수의
사람들 —— 그러한 사람들은 유죄를 선고받고 돌팔매질을
당하지만, 시간이 흐름에 따라 이런 사람들만이 영원히 영웅
이나 해방자로서 숭배를 받는 것이다. 자기들이 멋대로 정한
규율을 최고의 덕으로 칭송하고 장려한 인류가, 그 장려에
저항해서 자기 자신의 마음에 대한 충성을 깨뜨리기보다는
오히려 생명을 버릴 것을 택한 사람들을, 영원한 파르테논
속에 모시는 것이다.

'관찰, 이기심'에서

정신과 사상

정신

정신의 법칙은 자연의 법칙과 마찬가지로 불변하고 결코 폐기할 수 없는 것이다.

'책의 마술'에서

정신은 진리에 대해서 순종하는 경우에만 유익하고 고귀하다. 진리를 배반하고 외경의 염을 버리며, 금전에 매수되고 아무렇게나 굽혀지게 된다면, 정신은 당장 잠재적인 악마 근성으로 되고, 동물적인 본능의 야만성보다 훨씬 나쁜 것으로 된다. 야성에는 자연의 순진함이 아직 얼마쯤 남아 있기 때문이다.

'유리알 유희'에서

질서 있는 세계는 결코 자명한 것이 아니고, 세속과 정신 사이의 어떤 유의 조화를 전제로 하고 있는 데다가 그 조화는 언제 어느 때 허물어질지 모른다. 요컨대 세계사는 결코

바람직한 것, 이치에 맞는 것, 아름다운 것을 추구하고 추진
하는 것이 아니라, 기껏해야 가끔 그것들을 예외로서 허용하
는 데 불과했던 것이다.

'유리알 유희'에서

　나는 정신을 영원한 삶으로 보지 않고, 영원한 죽음, 경직
된 불모의 형체 없는 것, 즉 그 불사성(不死性)을 버림으로
써 형체를 얻어서 생명 있는 것이 될 수 있는, 형체가 없는
것으로 본다. 생명 있는 것이 되기 위해서는 황금은 꽃으
로 되어야 하고 정신은 육체가 되고 영혼이 되지 않으면
안 된다.

'요양객'에서

　정신은 교정된 것, 형성된 것을 사랑한다. 그 기호(記號)
가 신뢰할 수 있는 것이기를 요구한다. 생성하는 것이 아니
라 존재하는 것을 사랑하고, 가능한 것이 아니라 현실인 것
을 사랑한다. 정신은 자연 속에서 살 수는 없다. 정신은 자연
에 거슬러, 자연의 반대물로서만 살 수 있는 것이다.

'나르치스와 골드문트'에서

　정신적인 것을 단순히 감각적인 것이 결여되어 있기 때문
에 생기는 부득이한 보충으로 생각하는 것은 부당하다. 감각
적인 것이 정신적인 것에 비해 머리카락 한 오라기만큼의 가
치도 없다고 말할 수 없고, 그 반대도 역시 마찬가지이다. 오
히려 모든 것은 한 가지이고 모든 것은 마찬가지로 좋은 것

이다. 그대가 여자를 알건 시를 짓건 마찬가지이다. 다만 소
중한 것만 있다면, 즉 사랑과 연소와 감동만 있다면 그대가
아토스 산 꼭대기의 수도사이건 파리의 방탕아이건 마찬가
지인 것이다.

'클링소르의 마지막 여름' 에서

　　노년과 청춘, 바빌론과 베를린, 선과 악, 주는 것과 차지하
는 것 사이에 있는 유일한 것, 세계를 차별과 평가와 고뇌와
투쟁과 전쟁으로 가득 채우는 유일한 것은 인간의 정신이다.
인간의 정신은 대립을 지어 내고 이름을 지어 낸다. 어떤 것
은 아름답다고 부르고, 어떤 것은 추하다고 부른다. 저것은
좋고 이것은 나쁘다고 말한다. 삶의 한 조각은 사랑이라 부
르고 다른 한 조각은 살인이라고 부른다.

'클라인과 바그너' 에서

　　우리는 언제나 개성의 한계를 너무 좁게 긋고 있다. 우리
는 서로 개인적인 것을 구별하고, 다른 것들과 서로 다름을
인정할 수 있는 것만을 우리들 개인에 속하는 것으로 인정하
려 한다. 그러나 우리는 누구나 세계의 모든 구성 요소로 되
어 있고, 그리고 우리 육체의 발달 계보를 더듬어 올라가 보
면 어류(魚類)에까지, 더 아득히 먼 곳까지 이르고 있는 것
과 마찬가지로 우리의 정신 또한 일찍이 살고 있던, 인간의
정신 속에 살았던 모든 것을 포함하고 있는 것이다.

'데미안' 에서

현재 있는 그대로 씨를 보존하려고 하는 것이 정상의 작업이라면, 그와 정반대인 인류의 재산, 즉 이상을 내걸고 멸망하지 않도록 하는 것이 '정신인(精神人)'의 임무였다. 획득한 것의 보존과 그것을 포기한 후의 새로운 추구, 그 양극 사이에서 인류의 생활은 연출되어 온 것이다.

'관찰, 생각 틈틈이'에서

진리

진리를 사랑하기를 배우고, 진리를 생명의 불가결한 요소로서 느끼기 위해서는 비상한 각오가 필요하다. 왜냐하면 인간은 뭐니 뭐니 해도 피조물(被造物)이고 진리와는 철저하게 적으로서 상대하고 있기 때문이다. 실제로 진리란 것은 사람이 원하는 그런 것이 아니고 언제나 무정하고 냉혹한 것이다.

'한스의 추억'에서

어떤 진리이건 그 반대도 또한 진리이다. 어떠한 정신적 입장이라도 그것은 하나의 극이고, 그와 같이 무수한 대극(對極)이 존재한다.

'관찰, 독서에 대하여'에서

어떤 진리를 거꾸로 생각해 보는 것은 언제나 좋은 일이다. 마음속에 있는 그림을 잠시 동안 거꾸로 걸어 보는 것도

가끔은 필요하다. 그렇게 하면 사고는 용이해지고 착상은 멋
지게 된다. 그리고 우리의 작은 배는 뜬 세상의 흐름 속으로
가볍게 미끄러져 간다.

'빌헬름 셰퍼의 한 주제의 변주곡'에서

　진리의 정반대도 마찬가지로 진리이다. 바꾸어 말하면 진
리는 언제나 그것이 일면적인 경우에만 운위되고, 언어의 의
상이 덧씌워질 수 있는 것이다.

'싯다르타'에서

　만약 어떤 일이 진리라면 그 반대도 또한 진리임에 틀림이
없다. 왜냐하면 모든 진리는 세계에 대한 어느 일정한 극의
관찰로부터 이루어진 간결한 공식이고, 대극이 없는 극이란
없기 때문이다.

'빌헬름 셰퍼의 한 주제의 변주곡'에서

사상

　내가 이 세상에서 가장 깊게 믿고 있는 것, 나에게 있어서
다른 어떠한 관념보다도 신성한 관념은 통일이라는 관념이
다. 즉 세계 전체는 신적(神的)인 통일이라는 것이다. 일체
의 고뇌와 일체의 악의 뿌리는 우리들 한 사람 한 사람이 자
기를, 전체의 떼어 내기 어려운 부분이라고는 느끼지 않게
되고, 자아를 너무도 중대하게 다루는 데 있다.

'요양객'에서

'지혜'란 본래 무엇인가? 오랜 탐구의 목표는 무엇이던가? 그것은 곧 생활의 와중에 있으면서 어떤 때라도 '통일'의 사상을 추구하고 '통일'을 느끼고 '통일'의 숨결을 마실 수 있는 영혼의 준비, 능력, 비술(祕術), 바로 그것이다.

'싯다르타'에서

내가 다양한 배후에 있는 것으로서 존중하는 통일은 권태롭고 회색의 사상적인, 이론적인 통일은 아니다. 그것은 실로 생명 그 자체여서 유희로 가득 차고 고통으로 가득 차고 웃음으로 가득 차 있다. 그것은 세계를 가루로 만들 시바 신의 춤이나 그 밖의 많은 상징 속에 그려져 있다. 그것은 어떤 묘사도 어떤 비유도 거부하지 않는다. 그대는 언제라도 그 속에 들어갈 수가 있다. 그것은 그대가 시간을 모르고 공간을 모르고 알 것도 모르는 순간에는, 그대가 인습의 바깥으로 벗어나는 순간에는, 그대가 사랑과 헌신에 의해서 모든 신들, 모든 사람들, 모든 세계, 모든 시대에 속하는 순간에는 언제든지 그대의 것이다. 이러한 순간에 그대는 통일과 다양을 동시에 체험하고, 부처와 예수가 그대의 곁을 지나가는 것을 보고, 모세와 얘기하고, 그대의 피부에 세일론 섬의 태양을 느끼고, 극지(極地)가 얼음으로 덮여 있는 것을 보는 것이다.

'요양객'에서

당신들은 자기들이 옳은 일을 행하고 있지 않다는 사실을 남 몰래 심중에 느끼고 있는 것은 아닐까요? 만인이 원하지 않는 일은 누구도 원하지 않고, 이성과 질서가 지배하고 인간은 서로 쾌활과 관용으로써 타인을 대하는 그러한 아름다운 생활을 당신들은 잠 속에서 단 한 번도 꿈꾼 적이 없는 것일까요? 세계는 하나의 전체이고, 그 전체를 예감하면서 숭배하거나 사랑을 가지고 봉사하거나 하는 것이 행복이고 구원이라는 것을 한 번도 생각해 본 적이 없는 것일까요?

'어느 별에서 온 이상한 편지'에서

격언

그대는 모든 것의 형제가 되고 자매가 되어

그것이 그대 마음의 구석에 스미어

자기와 다른 자의 구별이 없어지게 되지 않으면 안 된다.

하나의 별, 하나의 잎도 혼자서 지게 해서는 안 된다.

잎이나 별과 함께 그대도 멸망하지 않으면 안 된다.

그렇게 하면 그대도 모든 것과 함께

모든 순간에 또다시 소생하리라.

고대 인도인은 수난과 명상과 참회와 금욕의 민족이었는데, 그 정신이 마지막으로 발견한 커다란 것은 밝고도 화려했다. 현세의 극복자들이나 부처의 미소는 화려했다. 그 심각한 신화에 등장하는 모습은 모두 다 화려했다. 이들 신화가 그리는 세계는 처음에는 신성하고 축복으로 가득 차며, 번쩍번쩍 빛나고 봄과 같이 아름다운 황금의 시대로서 시작된다. 그리고는 이 세계는 병들고 차츰 쇠퇴하여 야만화되고 비참해져서, 점점 더 깊게 가라앉아 가서 종말에는 웃으면서

춤추는 시바 신에 의해서 짓밟혀서 멸망하게 된다. 그러나
그것으로 끝나 버리는 것은 아니다. 새로 꿈꾸는 비슈누 신
의 미소가 시작되고, 비슈누는 경쾌한 손으로 새롭고 싱그럽
고 아름답고 빛나는 세계를 만드는 것이다.

'유리알 유희'에서

　　나는 참으로 흥미 있는 일이나 살 만한 가치가 있는 것은,
참으로 우리의 마음을 채우고 몰두시키고 열중하게 만드는
것은 우리의 외부에 있는 것이 아니라 우리의 내부에 있음을
느끼기 시작했다. 나는 그런 사실을 알았다는 것이 아니라
그저 그렇게 느껴져서 철학자의 책을 읽고 자유로운 사색을
하고 좋아하는 시인의 마음 속에 젖기 시작했다는 것이다.
이것이야말로 나의 길이다, 나에게, 나 자신에게 이르는 길
이다, 그 밖의 길은 어느 것도 내가 필요로 하는, 내가 나아
가야 할 길은 아니라고 하는 막연한 느낌을 가지고. 나로서
는 이 길, 즉 이러한 태도와 사는 방법이 다른 길보다 어디가
나은지 정확히 어떤지는 말할 수 없었지만, 내가 알고 있었
던 것은 그러한 태도와 사는 방법이 종교가나 시인에게 있어
서는 꼭 필요한 것이라는 것이었다.

'세계사'에서

　　단순히 외적인 것도, 단순히 내적인 것도 없다. 밖에 있는
것은 안에도 있기 때문이다.

'관찰, 유럽의 몰락'에서

내면으로의 길

내면으로의 길을 찾아냈어요.
타는 듯한 자기 침체 속에
자기의 마음이 신과 세계를
그저 형상과 비유로서만 택한다고 하는
지혜의 핵심을 예감했어요.
그 사람에게 있어서 모든 행위와 사고는
스스로의 영혼과의 대화가 되고
세계와 신을 그 속에 품은 거예요.

　지상의 모든 현상은 하나의 비유이고, 각각의 비유는 또한 하나의 열려진 문이다. 그리고 만약 준비가 되어 있다면 영혼은 그 문을 통해서 낮이나 밤이나 그대도 나도, 모두가 하나인 세계의 내부로 들여갈 수 있다. 이 열려진 문은 모든 인간에게 있어 생애의 여기저기에서 나타난다. 모든 인간은 언젠가 한 번은 눈에 미치는 일체의 것이 비유이고, 그 비유의 뒤쪽에 정신과 영원한 생명이 있다는 생각에 도달한다. 물론 이 문을 통해 나아가서 내부의 예감된 진실을 위하여 아름다운 외관을 버리는 자는 극히 소수이지만.

'이일리스' 에서

　아름다운 작은 대나무 밭을 세계 속으로 들여놓는 일은 분명히 가능할 것이다. 그러나 정원사가 세계를 자기의 대나무 밭 속으로 들여놓는 것이 가능한지 어떤지, 여기에는 의문이 있다고 생각된다.

'유리알 유희' 에서

모든 아이는 아직 자연의 비밀 속에 있는 한은 그 영혼 속
에서 단 하나의 중요한 일, 즉 자기 자신의 일에, 또 주위의
세계와 그들 독자적인 존재의 수수께끼 같은 관계에 따라 끊
임없이 바쁘게 살아가고 있는 것이다.

'이일리스' 에서

인간의 사고에는 한계가 있어서 극히 사상적이고 교양 있
는 인간이라도 항상 매우 소박하고 안이한, 게다가 부정확한
공식의 안경을 쓰고 세계와 자기를 관찰하고 있다.

'황야의 이리' 에서

상징이라는 것은 어느 것이나 다 여러 해석이 가능하고 그
모두가 다 정당한 것이다.

'관찰, 카라마조프의 형제들' 에서

논리라든지 정의라든지 보기에는 법칙에 맞고 흠잡을 곳
이 없는 것은 전부 인간이 만든 것으로, 자연 속에는 나타나
있지 않다. 그런데 신의 예정이라는 것, 이것은 쉽게 말하면
우연이라는 것인데, 이야말로 진정한 법칙이다.

'베르톨트' 에서

학문이란 서로의 차이를 발견하는 일에 몰두하는 것에 지
나지 않는다. 이 이상 훌륭하게 학문의 본질을 표현할 수는
없으리라. 우리들 학문에 종사하는 자에게 있어서는 차이를
확인하는 것보다 중요한 일은 없다. 학문이란 식별의 재주이

다. 이를테면 각각의 사람에 대해서 그 사람을 다른 사람과
구별하는 특징을 발견하는 일, 그것이 곧 그 사람을 인식하
는 일인 것이다.

'나르치스와 골드문트'에서

　한 번, 단 한 번이라도 몸을 던져서 위대한 신뢰의 염을 가
지고 스스로를 운명의 손에 맡기는 것은, 해방되는 것이다.
그는 이미 지상의 법칙에 따르지 않고 우주로 낙하해서 별의
원무를 함께 추는 것이다.

'클라인과 바그너'에서

　모든 고뇌는 시간에서 오는 것이 아닐까? 몸을 괴롭히는
것도 두려워하는 것도 모두 시간이 아닐까? 만약 시간을 초
극해서 시간의 한계를 벗어날 수 있다면 이 세상에서 모든
곤란, 모든 장애는 제거되고 극복되지 않을까?

'싯다르타'에서

　시간의 극복이라든지 현실에서의 이탈이라든지, 그 밖에
멋대로의 이름이 붙여진 당신들의 동경은 결국 당신의 이른
바 개성을 벗어나고 싶다는 소망을 의미하고 있음에 지나지
않는다. 당신 자신이 당신의 감옥이 되고 있는 것이다.

'황야의 이리'에서

　인간이 행동과 명상을 동시에 할 수 없다는 것은 당연해서
새삼스럽게 말할 필요도 없습니다. 그것은 인간이 숨을 내쉬

는 동시에 들이마실 수가 없다는 것은 의사가 일부러 확인할
필요도 없는 바와 같은 것입니다. 즉 한 가지 일 다음에 다른
일이 행해져서 리듬을 이루어 양극(兩極) 사이를 흔들려 가
는 것입니다. 그것이 인생이라는 것입니다. 우리는 실제로
최근 이삼십 년 사이에 긴장된 행동 때문에 관찰을 경멸한다
는 것이 어떤 결과를 남기는가를 보아 왔습니다. 그것은 공
허한 역학의 숭배에로, 경우에 따라서는 더욱 위험한 생활의
찬미에로, 즉 아돌프 히틀러와 베니토 무솔리니에게로 우리
를 인도했던 것입니다. 그러니까 행동은 숨을 들이쉬는 일이
고 관찰은 숨을 내쉬는 일이므로 이 양쪽 일을 하지 않는 사
람은 완전한 사람이 아닌 것처럼 생각되는 것입니다.

'서간' 에서

　우리를 둘러싸고 있는 기계의 세계와 야만적이고 가난하
며 숨도 쉬지 못할 것 같은 공기 속에서 우리는 질식해 가고
있다. 그러나 우리는 전체에서 자신을 떼어 내는 것은 하지
않는다. 우리는 그것을 세계 문명의 우리 몫으로서, 우리의
사명으로서, 시련으로서 감수한다. 우리는 이 시대의 이상을
하나도 믿지 않는다. 그러나 인간은 불사(不死)라는 것, 즉
인간의 모습이 모든 왜곡에서 다시 치유되고 모든 지옥으로
부터 또다시 변화되어 나타날 수 있다는 것을 믿고 있다. 우
리는 인간의 영혼이 위기에 처하고 몰락에 다가서고 있음을
숨기진 않는다. 그러나 또한 우리가 영혼의 불사를 믿고 있
음을 숨기는 것도 허용되지 않는다.

'시인의 사명' 에서

　어제 나는 나이프를 잃어버렸는데, 그때 나의 철학과 운명
에 대한 각오가 얼마나 취약한 기반 위에 서 있는가를 경험
했다. 왜냐하면 그 작은 분신들이 어울리지 않게 나를 슬프
게 하고 그런 감상에 젖는 나 자신을 비웃으면서도 그 잃어
버린 나이프를 잊지 못하고 있기 때문이다.

'잃어버린 나이프' 에서

도덕

　내가 매우 사랑하고 있는 덕이 있다. 단 한 가지이지만, 그
이름은 '이기심' 이라 한다.

'관찰, 이기심' 에서

　우리의 내부에 있는 영혼이 원하는 것은 어떤 것일지라도
금지되어 있다고 생각해서는 안 된다.

'데미안' 에서

　그대는 허용되어 있다든지 금지되어 있다든지 하는 것이
도대체 어떤 것인가를 깨달을 정도까지는 되지 못했다. 우리
는 누구든지 허용되어 있는 것이나 금지되어 있는 것 ── 자
기에게 금지되어 있는 것을 스스로 찾아 내야 한다. 사람은
금지되어 있는 일은 아무것도 안 하는데도 대악한인 경우가
있다. 그 반대도 마찬가지이다. 본래 그것은 단순히 안이함
의 문제이다. 너무나 안이한 기분을 가지고, 그 때문에 스스

로 생각하고 스스로를 분별할 마음이 생기지 않는 자는 세상 일반의 금제(禁制)를 따른다. 그 편이 편하기 때문이다. 그런데 자기 자신의 내부에 법도를 느끼는 자도 있다. 그러한 사람들에게 있어서는 훌륭한 신사가 평소에 행하는 일이지만 금지되어 있거나, 보통은 엄금되어 있는 일이 허용되어 있거나 한다. 요는 각자가 자기 자신에 대해서 책임을 지지 않으면 안 되는 것이다.

'데미안'에서

　오늘날에는 구속을 주는 일반적인 도덕이라는 것은 거의 남김없이 소멸되었다. 그러나 인습에서 해방된다는 것은 내면적인 자유를 얻는다는 것만으로는 되지 않는다.

'서간'에서

　우스꽝스럽게도 우리의 복잡기괴한 모럴에 있어서는 어느 덕(德)이 그 소유자 자신에게 이익과 쾌감을 줄 때 그것은 인제나 의혹의 눈으로 보여지는 것이다.

'관찰, 이기심'에서

　나는 경건이야말로 우리가 지닐 수 있는 최선의 덕이고, 일체의 재능보다 가치가 있는 것이라고 생각하고 있습니다. 내가 말하는 경건이란 개개의 영혼 속에 엄숙한 감정을 기르는 것이 아니라, 무엇보다도 세계 전체에 대한, 자기에 대한, 같은 인간에 대한 외경과 존경의 기분, 자기도 그 일원이며 책임을 분담하고 있다는 감정입니다.

'서간'에서

감은(感恩)이라는 것은 거의 내가 신뢰할 수 없는 덕이다. 특히 아이들에 대해서 그것을 요구하는 것은 잘못인 것처럼 생각된다.

'데미안' 에서

선과 선의 의미나 가치 전부를 믿지 않는다는 것은 아니다. 선은 파괴하기 어려운 것이다. 악이나 비속(卑俗)과 마찬가지로 실존하고 작용하고 있다. 하지만 그것을 '승리'라고 부를 수 있을까. 아니, 그렇게 용감한 나팔의 취주(吹奏)와 같은 일은 젊은이에게 맡겨 두어야 한다.

'과거를 소환한다' 에서

종교와 신앙

신(神)

선과 악을 새로이 정하는 것은 영원한 조물주인 데미우르크(조물주)의 일은 아니다. 그것은 인간과 인간이 생각해 낸, 보다 작은 신들의 일이다.

'관찰, 카라마조프의 형제' 에서

태고의 데미우르크는 신인 동시에 악마이기 하다. 그는 태초부터 존재한 신이다. 그만이 여러 가지 대립의 피안에 서 있어서 낮과 밤, 선과 악의 구별을 모른다. 그는 무(無)이고 또 일체이다. 그는 우리에게는 인식되지 않는다. 왜냐하면 우리는 모두 대비 대조(對比對照)에 의해서만 사물을 인식할 수 있으니까. 우리는 개체이고, 낮과 밤, 따뜻함과 차가움에 묶여 있으며, 신과 악마의 양쪽을 필요로 하는 것이다.

'관찰, 유럽의 몰락' 에서

우리들 내부에서 활동하고 있는 신도, 자연 내에서 활동하고 있는 신도 불가분의 동일한 신이다. 그리고 만약 외부의 세계가 멸한다면 우리들 중의 누군가가 그것을 재건할 수 있을 것이다. 왜냐하면 산도 강도 나무도 잎도 뿌리도 꽃도 자연 속의 일체의 조형물이 우리들 속에 그 원형이 있고, 우리의 영혼으로 되어 있기 때문에. 영혼의 본질은 영원이고, 우리는 그 본질을 잘 모르지만 대부분의 경우 사랑의 힘, 창조력으로서 우리에게도 감지된다.

'데미안'에서

구약이나 신약의 그 전능한 신은 과연 훌륭한 모습을 하고 있지만, 그러나 그것은 신이 본래 나타내야 할 모습을 나타내고 있지 않다는 데에 문제가 있다. 신은 착한 것, 아버지인 것, 아름다운 것, 그리고 또 고귀한 것, 다감한 것이며, 그것은 좋다. 그러나 세계는 또한 다른 것으로도 이루어져 있다. 그리고 그것은, 지금은 깨끗이 모두 악마에게로 돌아가서 이 세계의 반은 은폐되고 묵살되어 있는 것이다. 그들은 신을 모든 생명의 아버지라고 칭송하면서도 모든 생명의 근본을 이루는 성생활 전부를 완전히 묵살해서 걸핏하면 그것을 악마의 소행이라거나 죄악이라고 말하고 있다. 나는 사람들이 여호와 신을 숭배하는 데에 아무 반대도 하지 않는다. 그러나 우리는 모든 것이 인위적으로 구분된 도식에 따를 게 아니라 전 세계를 숭배하고 신성시하지 않으면 안 된다고 생각한다. 따라서 우리는 신을 섬기는 동시에 악마도 섬겨야 한다. 나는 그것이 옳다고 생각한다. 어쩌면 악마조차도 자기 내부에 포함하는 신을 만

들지 않으면 안 될지도 모른다. 이 세상에 있어서 가장 자연스
러운 일이 행해지더라도 눈을 감지 않을 그런 신을.

'데미안'에서

어떤 사람은 신을 빛이라 부르고 어떤 사람은 밤, 어떤 사
람은 아버지, 어떤 사람은 어머니라고 부른다. 어떤 사람은
신을 휴식이라고 칭송하고, 또 어떤 사람은 운동, 혹은 불,
차가움, 심판자, 위안자, 창조자, 파괴자, 용서자, 복수자라
고 칭송한다. 신은 스스로를 명명하지 않고 사람들에 의해서
이름 지어지고, 사랑받고 칭송되며, 저주받고, 미움을 사고,
기도받기를 원한다. 왜냐하면 전 세계에서 들려 오는 합창대
의 음악이 신이 사는 신전이고 신의 생명이기 때문에.

'클라인과 바그너'에서

모든 개인적인 것의 배후에는 비개인적인 것, 신적인 것이
있고, 거기에 비로소 실재가 생기고 삶이 태어나는 것입니다.

'서간'에서

사물의 원시(原始)에 무구(無垢)와 단순이 있는 것은 아니
다. 창조된 모든 것은, 가령 얼핏 보기에 극히 단순하게 보이
는 것이라도 이미 무구하지는 않고, 모순이 있으며, 생성의
혼탁한 흐름 속에 던져져 있어서 이미 그 흐름을 상류로 거
슬러 가게 할 수는 없다. 무구로, 원시로, 신으로의 길은 후
방으로가 아니고 전방으로 통하고 있다.

'황야의 이리'에서

신에 대한 사랑은 꼭 선에 대한 사랑과 일치하지는 않는
다. 아아, 그렇게 간단하게 되어 준다면 좋을 텐데! 선이란
어떤 것인가를 우리는 알고 있으며 계율에도 쓰여 있다. 하
지만 신은 계율 속에만 있는 것은 아니다. 계율은 신의 극히
작은 부분에 지나지 않는다. 계율은 지키고 있지만 신으로부
터는 멀리 떨어져 있는 경우도 있는 것이다.

'나르치스와 골드문트' 에서

세계의 창조와 세계의 몰락은 교전하는 군대와 같아 끊임
없이 서로 작용해서 결코 완성되는 일이 없이 영원한 과정
속에 있다. 세계는 계속 생겨나고 계속 죽어가고 있다. 모든
삶은 신이 토해 낸 하나의 숨결이고, 모든 죽음은 신이 들이
마신 하나의 숨이다.

'클라인과 바그너' 에서

모든 탄생은 전체로부터의 분리, 한정, 신으로부터의 격리
에 지나지 않는다. 즉 고뇌에 찬 신생이다. 전체에로의 복귀,
고뇌에 찬 개아(個我)의 부정, 신화(神話)란 자기의 영혼을
또다시 만유(萬有)를 포괄할 수 있을 정도로 확대하는 것에
불과하다.

'황야의 이리' 에서

진정한 인간, 건전하고 불구가 아닌 인간에게 있어서 세계
를 실증하고 신을 실증하는 것은 수많은 기적에 의해 이루어
진다. 즉 저녁때가 되어서 작업 시간이 끝날 무렵에는 싸늘

해진다는 것, 저녁 하늘이 빨갛게 되었다가 장밋빛에서 보랏
빛으로 꿈처럼 바뀌어 가는 현상 같은 것이 있다는 것, 저녁
하늘과 같이 여러 가지로 변하는 인간의 얼굴에 미묘한 미소
를 띄우는 것같은 변화가 있다는 것, 대사원(大寺院)의 방이
나 창문 같은 것이 있다는 것, 꽃받침 속의 수술의 질서와 같
은 것이 있다는 것, 판자 조각으로 만들어진 바이올린과 같
은 것, 음계와 같은 것이 있다는 것, 언어와 같이 불가해하고
미묘하며 자연과 정신 속에서 생겨난, 이성적인, 동시에 이
성을 초월한 어린애다운 것이 있다는 것, 그 아름다움과 놀
라움, 그 수수께끼와 영원 불변한 모습, 그러면서도 거의 모
든 인간적인 것이 면할 수 없는 취약함, 질병, 위험을 멀리하
거나 방지하고 있지 않다는 것 —— 그러한 것이 그 하인이
고 제자인 우리들에게 있어서 지상의 가장 신비적인, 가장
존경할 만한 현상들을 보여주는 것이다.

'행복론'에서

신은 있다. 단 하나만 있다. 그 신은 당신의 마음 속에 살
아 있다. 당신은 거기에서 신을 찾고, 거기에서 신과 얘기를
나누지 않으면 안 된다.

'관찰, 한 독일 청년에게 보낸 편지'에서

구원의 길은 오른쪽으로도 왼쪽으로도 통해 있지 않다. 그
것은 자기 자신의 마음으로 통하는 길이다. 거기에만 신이
있고. 거기에만 평화가 있다.

'방랑'에서

진리는 존재한다. 그러나 그대가 원하고 있는 가르침, 절대적이고 완전해서 그것만으로도 그대를 현인으로 만들어 줄 만한 가르침은 없다. 그대는 그런 완전한 가르침을 동경하지 말고, 그대 자신을 완성시키도록 해야 한다. 신은 그대의 내부에 있지 책이나 개념 속에 있는 것은 아니다. 진리는 체험하는 것이지 강의되는 것이 아니다.

'유리알 유희'에서

운명은 어딘가 다른 곳에서 오는 것이 아니라 자기의 마음 속에서 성장하는 것이다.

'클라인과 바그너'에서

새는 알을 깨고 나온다. 알은 세계이다. 태어나려는 자는 하나의 세계를 파괴하지 않으면 안 된다. 새는 신을 향해 날아간다.

'데미안'에서

아무리 괴로운 일, 어리석은 일, 나쁜 일이라도 그것은 신이 만든 것이라고 볼 수 있고, 슬픔이나 기쁨이나 선이나 악의 저쪽 멀리에 이르는 그 가장 깊은 근원까지 추구해 갈 수 있다면 그 정반대의 것으로 바뀌는 것이다.

'클라인과 바그너'에서

모두가 같다
청춘 시절을 줄곧
쾌락만을 좇아서 살아온 나는
그 후에는 어두운 기분으로
고뇌와 고통에 몸을 맡겼다.
지금의 나에게 있어서
고뇌와 쾌락은 사이좋게 맺어져 있다.
기쁘게 하건 슬프게 하건
그것은 하나로 뒤엉켜 있다.
신이 지옥의 규환 속으로 인도하건
태양이 빛나는 하늘로 인도하건
신의 손길이 느껴지는 한
나에게는 그 두 가지는 모두 같은 일이다.

내가 허영심과 어린애다운 기쁨으로 가득 차 일찍이 자기의 사명이라고 느꼈던 것은 이미 존재하지 않는다. 나는 자기의 사명이라고 할 구원에의 길을 이미 오래 전부터 서정시라든지 철학이라든지 하는 그런 전문적인 얘기 속에서는 찾고 있지 않다. 나는 그것을 오직 나 자신의 마음 속에 있는 소수의, 참으로 싱싱하고 강한 것을 기르는 일, 나 자신의 마음 속에 아직 살아 있음이 느껴지는 것에 대해서 어디까지나 충실한 일, 오직 그 속에서만 찾았던 것이다. 그것이 생명이고 신이었다.

'마술사의 유년 시절' 에서

신은 우리를 죽이기 위해서 절망을 보내는 것은 아니다. 신이 그것을 우리에게 보내는 것은 우리의 내부에 새로운 생명을 각성시키기 위해서이다.

'유리알 유희'에서

유일자인 신은 우리 모두의 내부에 깃들여 있다는 것, 지상의 어떤 장소도 우리의 고향이고, 모든 인간은 우리와 피가 섞인 형제라는 것, 이 신에 의한 통일을 안다면 인종이나 국가, 빈부, 신앙, 정당에 의한 분열은 환상이고 망상이라는 것이 폭로된다는 것 —— 그것이, 무서운 고난이나 혹은 다정한 감동이 우리의 귀를 열고 우리의 가슴에 사랑하는 힘을 줄 때에 언제나 되돌아가는 지점이다.

'1946년 연두의 말'에서

신앙(信仰)

우리는 누구나 두 개의 자아라는 것을 가지고 있습니다. 그리고 하나의 자아가 어디에서 시작되고, 또 하나의 자아가 어디에서 끝나는가를 알고 있는 사람이 있다면 그 사람은 다시 없이 현명한 사람이라 하겠습니다. 우리의 주관적인 것과 경험적인 것과 개인적인 자아는, 그것을 잠깐 관찰해 보면 매우 변하기 쉽고 변덕스러우며, 외부에 의존하고 있어서 여러 가지 영향을 받기 쉽다는 사실을 알게 됩니다. 따라서 이것은 확실히 신뢰할 수 있는 것은 아니고, 더군다나 그것이 우리에게 있어서 표준이 되는 것은 아닙니다. 다음으로, 또 하나의 자아는 첫 번째 자아 속에 숨어서 그것과 섞여 있기는 하지만 결코 그것과 혼동되는 것은 아닙니다. 이 두 번째의 높고 신성한 자아는 개인의 것이 아니고 신·삶·우주, 비개인적인, 초개인적인 것에 연결되어 있습니다. 이 자아를 따라가면 분명히 잘못은 없겠습니다만, 다만 그것이 어려운 것은 첫 번째 자아가 주제넘고 성급한 데 대해 이 자아는 얌전하고 끈기 있기 때문입니다. 종교의 일부는 신과 자아에 대한 인식이고, 일부는 변덕스럽고 개인적인 자아와 인연을 끊고 우리 내부의 신적인 자아에 다가가기 위한 정신적인 훈련 또는 연습 체계인 것입니다.

'서간'에서

본래의 영지(英智)나 구원의 가능성이라는 것은 가르치거나 얘깃거리로 삼기 위해서 있는 것이 아니라, 목까지 물에 잠긴 사람들을 위해 있는 것입니다.

'서간'에서

살인이나 간통이라고 하면 극악무도한 일처럼 들린다. 또 분명히 몹시 지독한 것이다. 하지만 실제로는 이런 것을 하는 속인은 진짜 죄인이라고는 말할 수 없다. 그들 중의 한 사람의 처지가 되어서 생각해 보려고 할 때마다 그들이 아주 어린애 같은 생각이 든다. 그들은 정직하지는 않다. 선인은 아니다. 고결하지도 않다. 분명히 이기적이고 호색한이고 오만하고 성급하다. 그러나 본래의 그 근본을 더듬으면 죄가

없는 사람들이다. 마치 어린아이들이 죄가 없는 것처럼 죄가
없는 사람들인 것이다.

'유리알 유희'에서

　신앙은 어떤 형태, 어떤 표현을 취하든 그 내용은 언제나
같다. 즉 우리는 가능한 한 선을 향해서 노력해야 한다는 것,
하지만 세계나 자기 자신의 불완전함에 대해서는 책임이 없
다는 것, 우리는 자기를 지배하고 있는 것이 아니고 지배당
하고 있다는 것, 우리의 인식을 초월한 곳에 신이라 할까, 혹
은 그 '어떤 것'이 있어서 우리는 그것을 섬기고 거기에 몸
을 맡기면 된다고 하는 것이다.

'신학 단편'에서

　인간의 성장 과정은 무구 청정(無垢淸淨)의 단계에서 비
롯된다(낙원, 유년 시절, 책임이 없는 전 단계). 거기에서 죄 속
으로, 선과 악에 대한 지식, 문화 · 도덕 · 종교 · 인류의 이상
이 요구하는 것 속으로 인도된다. 이 단계를 고립된 개인으
로서 진지하게 지나가는 자는 좋건 싫건 절망에 도달한다.
즉 덕의 실행, 완전한 순종, 충분한 봉사라는 것은 있을 수
없다는 것, 정의는 이루어지지 않고 선량하고 싶다는 소망은
채워지지 않는다고 하는 통찰에 도달한다. 이 절망은 다음에
몰락이나 정신적인 제3의 나라, 도덕과 법 저쪽에 있는 상태
의 체험, 은총과 구원, 새롭고 보다 높은 책임이 없는 상태,
간단히 말하면 신앙으로 인도되는 것이다.

'신학 단편'에서

신앙과 회의(懷疑)는 서로 상응한다. 그것은 서로가 보완한다. 회의가 없는 곳엔 참된 신앙도 없다.

'크리스토프 시렌브프 추도'에서

신념이 없는 형식은 없고, 절망을 전제로 하지 않는 신념, 혼란에 대한 지식을 전제로 하지 않는 신념은 없다.

'서간'에서

신앙에의 길은 한 사람 한 사람 달라도 된다. 나에게 있어서 그 길은 수많은 과오와 고뇌, 수많은 자기 학대, 엄청난 우행(愚行), 우행의 원시림을 넘어서 왔다. 나는 자유 사상가였기 때문에 신심(信心)은 영혼의 병이라고 생각하고 있었다. 또한 나는 고행자였기 때문에 살갗에 못을 때려 박았다. 나는 신심이 건강과 쾌활을 의미함을 알지 못했다. 신심은 신뢰에 지나지 않는다. 신뢰를 가지고 있는 것은 단순하고 건강하고 순진한 사람, 어린이, 미개인이다. 단순하지도 순진하지도 않은, 우리 같은 자는 신뢰를 발견하는 데 우회로가 필요했다. 자기 자신에 대한 신뢰가 출발점이다. 심판이나 죄나 양심으로는, 금욕이나 공물로는 신앙은 얻어지지 않는다. 이들 모든 것은 우리의 외부에 사는 신들에게 돌려지는 것이다. 우리가 믿지 않으면 안 되는 신은 우리의 내부에 있다. 자기 자신을 향해서 '아니오'라고 말하는 자는 신을 향해서 '예'라고 말할 수 없다.

'방랑'에서

기도는 노래와 같이 신성하다. 기도는 구원이며 신뢰이고 확인이다. 정말로 기도하는 자는 바라지 않는다. 다만 자기의 처지와 괴로움을 얘기할 뿐이다. 어린 아이가 노래하듯이 고뇌와 감사를 읊조리는 것이다.

'방랑' 에서

기도

신이여, 나를 절망케 해 주십시오.
하지만 당신에게가 아닙니다, 나 자신에게입니다.
나로 하여금 방황의 슬픔을 남김없이 맛보게 해 주십시오.
나로 하여금 괴로움의 불꽃을 모조리 맛보게 해 주십시오.
내가 모든 굴욕을 받게 해 주십시오.
내가 일어설 때에 돕지 말아 주십시오.
내가 뻗어 나갈 때에 돕지 말아 주십시오.
하지만 나라는 것이 전부 부서져 버린다면
그때에는 나에게 알려 주십시오.
그것이 당신이었다는 것을,
불꽃과 괴로움을 낳은 것은 당신이었다는 것을.
왜냐하면 나는 기꺼이 멸망하고 싶은 것입니다.
기꺼이 죽고 싶은 것입니다,
당신의 품 속에서 죽을 수가 있다고 한다면.

"나는 차츰 신앙이 없이는 살아갈 수 없다는 것을 스스로 알게 될 게다. 지식이란 정말 아무 쓸모도 없는 것이다. 매일처럼 자기는 무엇이건 알고 있다고 생각하는 사람이, 지식이라든지 무엇이든 확실하게 안다고 말해도 아무 쓸모 없는 것을 해 보이고 있지 않니? 결국 인간에게는 신뢰와 안심이 필요한 것이다. 그리고 그것을 위해서는 아무개 교수라든지 비스마르크라든지 그 밖의 누구에게로 가기보다는 구세주에게로 가는 것이 언제나 좋지."

"왜요?" 하고 나는 물었다. "구세주에 대해서도 그다지 확실한 것은 모르고 있지 않습니까?"

"천만에, 천만에. 충분히 알고 있어요. 그야 오랜 시간이 지나는 동안에 자신을 가지고 불안도 없이 죽어간 사람도 있긴 있었지. 소크라테스와 그 밖의 몇 사람이 그랬었다고 전해지고 있으니까. 하지만 그런 사람은 많지 않아. 극히 소수이지. 게다가 그런 사람들이 조용히, 불안 없이 죽을 수 있었다고 한다면 그것은 그들이 현명했기 때문이 아니라 기분도 양심도 밝았기 때문이지. 뭐 어떻든 이 몇 사람인가는 저마다 옳은 것이겠지. 그러나 우리들 중의 누가 이 사람들과 같이 될 수 있겠니? 이 소수의 사람들에 비해 한쪽에는 몇천만이라는 가련하고 평범한 사람들이 있다. 그 사람들은 평범하고 가련한 사람이었지만, 구주를 믿었던 만큼 기꺼이 안심하고 죽을 수 있었지. 네 할아버지는 돌아가시기까지 14개월 동안이나 비참한 괴로움 속에 누워 계셨지만, 구세주에게서 위안을 얻어 불평하시지도 않고 괴로움이나 죽음을 거의 즐겁게 견디셨단다."

마지막으로 어머니는 말했다. "이런 말을 해도 네가 납득하지 못하리라는 것은 알고 있다. 신앙은 사랑과 마찬가지로 사려 분별에 의한 것은 아니니까. 하지만 너도 언젠가는 사려 분별만으로는 충분하지 못함을 알 게다. 그때가 오면 너는 당황해서 위안이 돼 줄 것으로 보이는 것이라면 아무것에나 손을 뻗게 되겠지. 아마도 그때가 되면 오늘 내가 얘기한 여러 가지 것들이 생각날 게다."

'청춘은 아름다워라' 에서

그의 양심이 때때로 불안해지고 무거운 짐을 느끼는 것은 간통이나 쾌락 때문은 아니었다. 그것은 무언가 다른 이름으로 밝힐 수 없는 것이었다. 그것은 범한 죄가 아니고 가지고 태어난 죄의 감정이었다. 아마 그것은 신학에서 원죄라고 불리는 것이었으리라. 그럴지도 몰랐다. 실제로 살아 있다는 것 그 자체가 죄 같은 것을 내부에 가지고 있는 것이었다.

'나르치스와 골드물트' 에서

경건이라는 것은 목숨을 바쳐도 깨우치지 못할 정도로 신심이 깊은 봉사와 성실을 말하는 것으로, 그것은 어느 종파, 어느 단계에 있어서나 가능한 것이다.

'유리알 유희' 에서

종교

인간이라는 것은 아무리 심한 혼탁 속에 들어가더라도 소멸되는 일이 없고, 아무리 심한 타락 속에서도 구출해 낼 수 있는 불가사의한 가능성을 지닌 것이라고 믿고 있습니다. 이

가능성은 참으로 강하고 또한 마력적이어서 끊임없이 희망
과 요청으로서 느껴지는 것입니다. 그리고 인간에게 그보다
높은 가능성을 꿈꾸게 하고 되풀이해서 동물적인 것으로부
터 끌어올리는 힘은, 그것이 오늘은 종교, 내일은 이성, 모레
는 또 무엇인가 다른 이름으로 불리더라도 언제나 같은 것입
니다. 현실의 인간과 가능한 인간, 상상할 수 있는 인간과의
사이의 진자 운동은 모든 종교가 인간과 신 사이에 설정하는
관계와 같은 것입니다.

'서간' 에서

  종교는 모두 같은 것이라고 생각합니다. 그것을 믿어서 현
자가 되지 못하는 자는 없고, 어리석기 짝이 없는 우상 숭배
로 타락하지 않을 자도 없습니다. 어쨌든 종교 속에는, 특히
신화 속에는 거의 일체의 실제적인 지식이 모여 있습니다.
이것을 경건한 기분을 가지지 않고 보면 어느 신화도 '잘못'
입니다. 그러나 모든 신화는 세계의 심장으로의 열쇠이고,
자기에게 있어서의 우상 숭배를 신으로의 봉사로 바꾸는 길
을 터득하게 합니다.

'서간' 에서

  중교는 무엇이건 모두 아름답다. 종교는 영혼이다. 기독교
의 성찬을 받건 메카를 순례하건 그런 일은 어차피 마찬가지
인 것이다.

'데미안' 에서

예수의 가르침, 노자의 가르침. 베다 경의 가르침, 괴테의 가르침은 그 속에 영원한 인간성을 내포하고 있다는 점에 있어서 모두 마찬가지이다. 가르침은 하나가 있을 뿐이다. 종교도 하나뿐이다. 행복도 단 하나가 있을 뿐이다. 최고의 형식, 최고의 예언자는 있지만, 결국은 하나의 외침, 하나의 소리가 있음에 지나지 않는다. 신의 소리는 시나이 산으로부터는 오지 않는다. 성서로부터도 들리지 않는다. 사람 · 아름다움 · 성의 본질은 기독교 속에 있는 것이 아니다. 고대인 속에, 괴테에, 톨스토이에 있는 것도 아니다. 그것은 그대 속에, 그대의 '나' 속에, 우리들 한 사람 한 사람 속에 있는 것이다. 이야말로 예로부터 단 하나의, 항상 변함없는 가르침이고, 우리의 유일한, 영원히 타당한 진리이다. 그것은 우리가 마음속에 품고 있는 '천국'의 가르침이다.

'크리스마스'에서

모든 민족의 지혜는 통일된 것이고, 두 개 혹은 그 이상이 있는 것은 아닙니다. 내가 여러 개의 종교나 사회에 대해서 항의하지 않으면 안 될 일이 있다고 한다면 그것은 단 하나, 그들에게 있는 불관용의 경향입니다. 즉 기독교도이든 마호메트교도이든 자기들의 신앙이 올바르고 신성한 것이기는 하지만 특권적이고 전매적인 것은 아니고, 진리를 밝히려고 하는 다른 일체의 신앙의 형제임을 여간해서는 인정하려고 하지 않는 것입니다.

'서간'에서

나는 이 세상에서 하나의 종교, 하나의 교의(敎義), 하나
의 종파가 수천 년을 통해서 선과 악, 정과 부정의 하나의 가
르침을 더욱더 섬세하고 엄밀하게 만들어 가고, 정의와 복종
을 더욱더 크게 요구해, 마침내 신 앞에서는 아흔아홉 명의
옳은 자가 회개하는 한 사람의 죄인에 미치지 못한다고 하는
마법과 같은 인식을 이끌어 내는 것만큼 마음을 흔들어 놓는
것을 알지 못한다.

'요양객' 에서

고독의 종교, 그것은 아직 진짜는 아니다. 종교는 공통적
인 것이 되지 않으면 안 된다. 종교는 예배와 도취, 축제와
비법을 갖지 않으면 안 된다.

'데미안' 에서

후회에 의해서 은총을 보상할 수는 없다. 은총이라는 것은
보상할 수 없는 것이다.

'동방 여행' 에서

낙원이라는 것은 거기에서 추방당한 후라야 비로소 낙원
임을 알게 되는 것이다.

'에른스트 모르겐타라' 에서

우리 시대의 무서운 혼란에 괴로워하고 있는 것은 당신들
젊은 사람들뿐만이 아니라 우리 노인들도 마찬가지입니다.
인간의 생활이 명예스럽지 못한, 의심스러운 것이라는 것은

우리들 노인이라도 쉽사리 단언할 수 있습니다. 우리는 이
절망을 분명히 의식적인 것으로 만들려고 시도합니다. 보기
에 무의미하고 잔혹한 인생에 그래도 의미를 부여하려고, 이
인생을 무언가 시대를 초월한 것, 개인을 초월한 것과 관계
지으려고 시도합니다. 이렇게 해서 나의 생애는 결합과 헌신
으로의, 즉 종교로의 시도로서 특징지어질 것입니다.

'서간'에서

　가령 나의 시대와 나 자신에게 절망하지 않으면 안 되게
되더라도, 나는 자신의 입장을 지켜서 인생과 그 의미의 가
능성에 대한 외경의 생각을 버리지는 않겠습니다. 나는 그것
을 굳게 지키겠습니다. 내가 그렇게 하는 것은 그것으로 내
가 얼마쯤이라도 좋게 되기를 희망해서가 아닙니다. 아무런
외경의 마음 없이, 신에 귀의하는 생각도 없이 살겠다고는
생각하지 않기 때문에 그렇게 하는 것입니다.

'서간'에서

기독교

　부득이하다면 죽이기보다는 죽임을 당하는 쪽을 택하겠다
는 점에서는 나는 기독교도입니다.

'서간'에서

나는 종교 없이 살아온 적이 없고, 하루라도 그것 없이는
살지 못하리라. 그러나 나는 평생 교회라는 것과는 관계를
맺지 않고 지냈다.

'나의 신앙'에서

내가 어떤 교회에도 속하지 않는 것은, 거기에는 정신의
숭고함과 자유가 결여되어 있고, 각자가 자기를 최선의 것,
유일한 것이라고 생각하면서 자기에게 속해 있지 않은 자를
방황하는 자라고 생각하고 있기 때문입니다.

'서간'에서

만약에 인류가 하나의 인간이라고 한다면 그것은 '순수
한' 기독교에 의해서 구원되고, 수성(獸性)이나 마성(魔性)
은 추방되겠지요. 그러나 실제로는 그렇지 않습니다. '순수
한' 종교는 모두가 상층부의 약간의 사람들 것이고, 민중은
마성과 신화를 필요로 하는 것입니다. 인류라는 탁한 대해
속에서는 자꾸 순수한 사람들, 구세주들이 나타나지만, 그들
은 십자가에 못박히고 신으로 추앙된 후에야 비로소 많은 사
람들의 존경을 받는 것입니다.

'서간'에서

신조적(信條的)·정치적으로 분리된 독립교회는 나에게
는 언제나, 특히 전쟁 중에는 내셔널리즘의 그림자처럼 생각
되었다. 그리고 프로테스탄트의 여러 종파가 신조를 초월해

서 통일할 힘이 없음은 독일인의 통일에 대한 무력함의 불행한 상징처럼 생각되었다.

'나의 신앙'에서

전에 나는 로마 가톨릭 교회를 얼마쯤의 존경과 얼마쯤의 선망을 가지고 바라보았다. 그리고 프로테스탄트로서 확고한 형식과 전통, 정신의 구현을 동경하는 기분은 오늘날에 있어서도 이 서양 최대의 문화의 전당에 대한 나의 존경을 유지하는 데에 도움이 되고 있다. 그러나 이 경탄할 만한 가톨릭 교회조차도 밀리 떨어져 있어야만 존경할 만한 것이지, 다가가서 보면 인간이 만든 것의 예에 어긋나지 않게 피와 권력의, 정치와 비천의 냄새가 나는 것이다. 그렇더라도 가끔은 가톨릭 신도가 좁은 방 안에서가 아니라 제단 앞에서 기도를 드리고, 고해석(告解席)의 창구에서 고해하며, 그것을 언제나 고독한 자기 비방의 풍자로 드러내지 않아도 된다는 것을 나는 부럽게 생각하는 것이다.

'나의 신앙'에서

인류가 만들어 낸 신조 중에서 내가 가장 존경하는 것은 고대 중국인의 신조와 가톨릭 교회의 신조입니다.

'서간'에서

나는 성모에 대해서 나만의 특별한 숭경(崇敬)을 가지고, 특별한 신화를 가지고 있다. 성모는 나의 마음 속의 신전에서는 비너스의 옆에, 크리슈나 신의 한쪽에 놓여 있다. 그러

나 영혼의 상징으로서 세계의 양극 사이를, 자연과 정신의
사이를 좌우로 오가며 사랑의 불을 붙이는 생생한 구원의 비
유로서 성모는 나에게 있어서 모든 종교의 가장 성스러운 모
습이다. 그리고 가끔 성모를 정통적인 신앙을 가진 어떤 경
건한 순례자에 못지않게 바르게 그리고 커다란 헌신을 가지
고 공경하고 있는 것은 '나' 라고 생각한다.

'테신'에서

여러 부류의 성자가 있다
우리들, 성모의 종인 우리들은
구원의 아드님 앞에
경건하게 무릎 꿇고 기도하는 것밖에는
아무것도 할 수가 없습니다.

우리들의 일은 가볍고 쉽습니다.
푸르른 나라에서 조용히
아름다운 성모님의 모습을 느끼는 것입니다.
그것은 다행한 것입니다.

그러니까 당신도 또한 행복하게 되겠지요.
어두운 동경으로 채워진 그리스도인이여,
만약 다시 없이 아름다운 사람에게 몸을 바치고
다른 어느 누구도 사랑하지 않는다면.

　기독교의 장점은 주로 신들의 우상을 갖지 않는 데 있다고 나는 어릴 때부터 들어 왔는데, 그러나 내가 나이를 먹어 철이 들게 될수록 그 멋진 가톨릭의 마리아를 제외하고는 전혀 신들이나 우상을 갖고 있지 않다는 점이야말로 이 기독교라는 종교의 결점이라고 생각되어지는 것은 어찌 된 일일까.

'요양객'에서

　서양의 역사에 있어서 내가 제일급의 역사적 가치가 있다고 생각하고 있는 것은 먼저 기독교의 교회이고, 거기에 봉사하고 그 속에서 만들어진 수많은 교단(敎團)입니다. 모험가가 우연히 행운을 잡아서 왕국을 정복하거나 건설하거나 해서 그것이 20년, 50년, 100년이라도 계속된다든지, 선의의 이상가였던 왕이나 황제가 더 성실한 정치를 펴려고 하거나 문화적인 희망의 꿈을 실현시키려고 애쓰거나 하는 것, 그런 것은 나에게는 이미 흥미가 없고, 그보다도 우리의 교단과 같은 교단을 만들려고 하는 시도가 되풀이해서 행해지고, 그 시도의 몇 개인가는 천 년이나 2천 년간 유지되어 왔다는 것이 훨씬 흥미가 있는 것입니다.

'유리알 유희'에서

　성서의 설화는 인간의 모든 신화와 마찬가지로 우리가 그것을 스스로 우리와 우리의 시대를 위해서 해석하려고 하지 않는 한, 우리에게는 무가치한 것입니다.

'서간'에서

나는 오래 전부터 신약성서의 그 묘하게 강제적인 말들을
모두 도덕적으로만, 즉 "너희는 이러저러한 일을 할지어다"
하는 명령으로서만 받아들이지 않고, 우리들에게 눈짓을 하
면서 "이 격언을 시험 삼아 한번 문자 그대로 실행해 보게.
깜짝 놀랄 정도로 그대에게 도움이 될 테니까" 하고 말해 주
는 참된 현인의 친절한 암시로 받아들이는 데 익숙해져 있었
다. 나는 이들 격언이 최고의 도덕적 요구를 내포하고 있을
뿐만 아니라 최고의 현명한 영혼이 깃든 행복론을 내포하고
있다는 것, 그리고 신약성서의 사랑의 이론 전체는 다른 일
체의 의의 외에 가장 깊게 고찰된 정신적 기술이라는 의미도
지니고 있다는 것을 알고 있었다.

'요양객'에서

신약성서의 여러 가지 격언을 신의 명령으로 보지 않고 인
간 영혼의 비밀에 대한 아주 깊은 지식을 설명한 것으로 본
다면, "네 이웃을 너 자신과 같이 사랑하라"는 그 말은, 구약
성서에도 이미 나와 있지만, 이제까지 나온 가장 현명한 말,
일체의 처세술이나 행복론의 간결한 총괄이다. 자기 자신처
럼 이웃을 사랑하지는 못한다고 하는 인간은 에고이스트 ·
착취자 · 자본가 · 부르주아여서 돈이나 권력을 모을 수는 있
지만, 영혼의 가장 미묘한, 가장 감미로운 기쁨은 맛보지 못
한다. 반대로 이웃을 자기 자신 이상으로 사랑할 수 있는
—— 그러한 인간은 불쌍한 자로서, 열등감으로 가득 차고,
모든 인간을 사랑하고 싶다는 열망에 가득 차 있긴 하지만
그러나 자기 자신을 원망하고 책하는 기분도 가득해서 일종

의 지옥에 살면서 매일 그 지옥의 불에 스스로를 태우고 있
는 것이다. 그에 반해서 누구로부터 사랑을 훔치지 않고 자
기 자신을 사랑하는 사랑, 자기의 자아를 제한하지도 억압하
지도 않고 타인을 사랑하는 사랑, 이것은 자기에 대해서도
부담을 느끼지 않고 사랑할 수 있는 균형 잡힌 사랑이다. 일
체의 행복한, 일체의 지복(至福)한 비밀은 여기에 포함되어
있다.

'요양객'에서

"살인하지 말라"는 말은 그 말이 나온 시대에는 당치도 않
은 요구였다. 그것은 "숨쉬지 말라"와 거의 같은 뜻이었다.
그것은 일견 불가능한 일이고 미치광이 같은 짓이며 파멸적
인 일이었다. 그런데도 이 말은 몇백 년 동안 사멸하지 않고
지금도 의연하게 적용되고 있다. 그것은 법률을, 세계관을,
윤리학을 만들었다. 성과를 올리고 인간 생활을 밑뿌리로부
터 뒤흔들고 뒤집어엎었다. 다른 말로써 이만한 일을 해낸
것은 거의 없다.

'전쟁과 평화'에서

오늘날의 이른바 교양인은 예수의 가르침에 대해서 1년에
단 한 번이라도 생각해 보는 것도, 그 가르침에 따라서 생활
하고 있는 것도 아니다. 다만 크리스마스 저녁때에 어쩐지
들떴던 소년 시절의 회상에 잠겨서 약간은 값싼 신심 비슷한
감정에 빠질 뿐이다. 그것은 마치 1년에 한 번이나 두 번, 이
를테면 마태의 수난극을 보고 오랫동안 잊고 있었지만 그래

도 기분나쁜, 어딘지 모르게 위험한 듯한 이 세계에 가끔 머리를 숙이는 것과 비슷하다.

'크리스마스'에서

　정치가가 성서의 말을 인용해서 좋은 일이 있었던 예는 없다.

'평화는 이루어질 것인가'에서

　솔직히 말해서 당신네 젊은이들은 사물을 너무 안이하게 다루는 것 같은 인상을 풍긴다. 당신들은 무엇이든 간단히 처리해 버린다. 종교나 세계관에 대해서도 대량으로, 게다가 신속하게 낭비한다. 부처나 니체에 대해서도 대강 훑어보고 어떤 평점을 매겨 버리면 다시는 들춰 보는 일이 없는 것이다. 나는 이런 태도에는 조금의 가치도 부여할 수 없다고 말하지 않을 수 없다.

'서간'에서

사랑과 행복

사랑

사랑의 길은 이 세상에 사랑을 믿는 사람이 적거나 도처에
서 불신을 만나기 때문에 참으로 걷기 어려운 길이다.

'사랑의 길'에서

사랑이란 애원해서도 요구해서도 안 된다. 사랑은 자기 자
신 속에서 확신에 이르는 힘을 가져야만 되는 것이다. 사랑
이란 이끌려지는 것이 아니라 이끄는 것이다.

'데미안'에서

원하는 것이 없는 사랑, 이것이 우리 영혼의 가장 높고 가
장 바람직한 경지이다.

'관찰, 영혼에 대하여'에서

인간을 사랑할 것, 약한 인간도 쓸모가 없는 인간도 사랑
할 것, 그리고 그들을 재판하지 말 것.

'서간'에서

세계는 결코 천국이었던 적이 없다. 옛날은 더 좋았고 지금은 지옥이 된 것은 아니다. 세계는 어느 때에도 불완전하고 진흙투성이여서 그것을 참고 견디며 가치 있는 것으로 만들기 위해서는 사랑을, 신념을 필요로 했다.

'황야의 이리'에서

성실은 훌륭한 덕목이다. 그러나 그것은 사랑이 없이는 아무런 가치도 없다. 사랑이란 슬픔 속에서도 의연하게 이해하고 미소지을 수 있는 능력을 말한다. 자기 자신에 대한 사랑, 자기의 운명에 대한 사랑, 아직 볼 수 없고 이해할 수 없는 경우일지라도 신비한 것이 우리에게 요구하고 계획하고 있음에 충심으로 동의하는 것 —— 이것이 우리의 목표이다.

'사랑의 길'에서

운명은 언제나 사랑이다.

'브뤼셀의 정자에서'에서

주는 것은 받는 것보다 행복하고, 사랑하는 것은 사랑받는 것보다 아름답고 사람을 행복하게 해 준다.

'청춘은 아름다워라'에서

사랑이라는 것은 이미 처음부터 조심스럽게 느꼈던 그런 동물적인, 어두운 충동이 아니고, 또 내가 베아트리체의 상(像)에 바쳤던 그런 경건하고 정신화된 숭배도 아니었다. 사랑은 그 양쪽이고, 그 이상의 것이었다. 사랑은 천사의 모습

을 하고 있는 동시에 악마이고, 남자와 여자를 함께한 것이
며, 인간과 동물, 지선과 지악(至惡)이었다. 이것들과 더불어
사는 것, 이것을 맛보는 것이 나의 운명인 것처럼 생각되었
다. 나는 자기의 운명을 동경하는 동시에 그것을 두려워했다.

'데미안' 에서

아름다운 사람
남에게서 장난감을 얻어
바라보고 쓰다듬다가 부수어 버리고
내일은 벌써 준 사람마저 까마득하게 잊어버릴 아이처럼
당신은 내가 바친 마음을
장난감처럼 가지고 놀면서
그것이 얼마나 아프고 괴로운 것인가를 알려고 하지 않습
니다.

여자 친구에게 보내는 엽서
오늘은 차가운 바람이 불고 있습니다.
바람은 푸가로 흐느껴 울고 있습니다.
초원에는 아직 날이 남아 있지만
벌써 온통 서리로 뒤덮여 있습니다.

낙엽이 한 잎 창문 앞에서 흔들리고 있습니다.
눈을 감으면 나의 작은 사슴이여,
먼 안개의 거리를 걷고 있는
당신의 모습이 떠오릅니다.

엘리자베트

나는 이미 평정을 잃었다.
오는 날도 오는 날도 당신의 모습을
동경 속에 안고 있어야 하는
나는 당신의 노예가 된 것이다.

당신의 눈은 나의 가슴 속에
예감에 가득 찬 빛을 당겼다.
그 빛은 끊임없이 나에게 알린다,
나는 당신을 위한 것이라고.

하지만 당신의 깨끗한 마음은
나의 고뇌를 몰라서
내가 없어도 즐겁게 꽃피고
별처럼 고상하게 걸어간다.

나는 학창 시절의 마지막 일 년 동안에 친지 댁의 귀여운
아가씨에게서 처음으로 사랑을 느꼈다. 자주 만나지도 않았
고, 자주 만나고 싶어하지도 않으면서 나는 마치 꿈을 꾸고
있는 것처럼 첫사랑의 달콤한 감동을 맛보거나 고민하거나
했다. 그리고 사랑과 마찬가지로 음악에 대해서 생각하고 흥
분해서 밤에는 잠을 이루지 못했다. 그 무렵에 처음으로 의
식해서, 마음에 떠오른 멜로디를 포착해서 짧은 노래였지만
그것을 써 보려고 시도했다. 그것은 부끄러운, 그러면서도
온몸에 스며드는 쾌감으로 나를 충만케 하여, 반은 장난 같

은 사랑의 괴로움을 거의 잊을 정도였다. 그러다가 나는 그녀가 성악 레슨을 받고 있다는 말을 듣고 꼭 한 번 그녀의 노래를 듣고 싶은 생각이 들었다. 몇 달 후엔가 나의 이 소원은 이루어졌다. 우리 집에서 있었던 저녁 모임 때였다. 귀여운 아가씨는 노래하라는 독촉을 받고 자꾸 사양했지만, 마침내 응낙하지 않을 수 없었다. 나는 이상하게 긴장해서 기다렸다. 한 신사가 상자형의 작은 피아노로 반주를 맡았다. 그가 두세 소절 치자 그녀는 노래를 부르기 시작했다. 아아, 그러나 그녀의 노래는 서툴렀다. 가여울 정도로 서툴렀다. 그녀가 노래 부르고 있는 동안에 나의 당혹과 고민은 동정으로 변했고, 다음에 유머로 변했다. 그 후 나는 이 사랑에서 해방되었다.

'봄의 폭풍우'에서

"내 애인이라고요? 그건 또 무슨 말이죠? 언젠가 그것을 바베트 아주머니나 고향의 아버지 또는 선생님께 얘기해 봐요. 나도 당신이 좋아서 나쁘게 해 드리고 싶진 않지만, 당신이 내 애인이 되려면 그 전에 먼저 자립해서 돈을 벌지 않으면 안 돼요. 하지만 그러기까진 아직 멀었어요. 지금 당신은 학생 신분으로 사랑을 하고 있는 거예요. 내가 당신에게 호감을 가지고 있지 않다면 당신과 이런 얘긴 결코 하지 않겠죠. 그렇다고 해서 실망할 건 없어요. 어쩔 수 없는 일이니까요."

"그럼 난 어떻게 하면 좋지? 넌 내가 좋지 않아?"

"어머나, 그렇게 말하지는 않았어요. 분별이 있어야 하는

거예요. 그리고 당신 또래로는 아직 얻을 수 없는 것을 원해
서는 안 되는 거예요. 우리 좋은 친구가 되어서 때를 기다리
기로 해요. 시간이 흐르면 무엇이든 도로 제자리로 돌아가게
되는 거니까요."

'청춘은 아름다워라'에서

"이것도 또한 당신의 로맨틱한 착상의 하나겠죠. 이처럼
바람이 부는 밤, 게다가 어두운 호수 위에서 여자에게 사랑
을 고백시키려는 것도……. 나는 어떤 남자를 사랑하고 있
어요. 그런데 그 사람은 다른 여자와 결혼했죠. 그렇지만 그
는 누구보다도 나를 사랑합니다. 과연 우리가 함께 살 날이
올지 어떨지 우린 알 수 없습니다. 편지를 주고받으며 가끔
만나기는 하고 있지만……." "실례되는 질문인지 모르겠습
니다만, 그런 사랑이 당신을 행복하게 할까요, 아니면 불행
하게 할까요, 그렇지 않으면 그 양쪽일까요?" "아아, 사랑이
란 우리를 행복하게 해 주기 위해서 있다기보다는, 사랑은
우리가 괴로움과 고통 속에서 얼마나 굳세게 견딜 수 있는가
를 우리에게 보여 주기 위해 있는 것이라고 생각해요."

'향수'에서

"그래요? 그렇다면 들어 보세요, 나도 당신과 비슷합니다.
내게도 사랑하는 사람이 있습니다만, 어쩔 수 없는 겁니다.
하지만 그렇게 되었을 땐 우정이나 그 밖에 손에 넣을 수
있는 좋은 것, 즐거운 것은 더욱 단단히 붙잡아야 되지 않
을까요? 그러니 우린 언제까지나 좋은 친구가 되기로 해요.

적어도 이 마지막 날은 서로 밝은 얼굴을 보이기로 해요.
알겠죠?”

'청춘은 아름다워라' 에서

　열일곱 살 때 나는 어떤 변호사의 딸을 사랑했다. 그녀는
아름다웠다. 나는 평생 뛰어나게 아름다운 여자만을 사랑한
것을 자랑으로 삼고 있다.

'향수' 에서

　내가 지금 죽는다 해도 그녀는 그것을 알지 못할 것이고
묻지도 않을 것이며, 슬퍼하지도 않으리라. 하지만 나는 달
리 그녀로부터 나 자신에 대해 인정받고 싶다고는 생각하지
않았다. 나는 그녀를 위해 무언가 엄청난 일을 해치우거나
당치도 않은 선물을 보내고 싶다고 생각하고 있었다. 그것이
누구에게서 온 것인지 그녀가 알아차리지 못하도록 해서.

'향수' 에서

이 며칠이 얼마나
이 며칠이 얼마나 괴로운지
어떤 불 옆에 있어도 따뜻하지 않다.
어떤 태양도 이미 웃어 주지 않는다.
모든 것이 공허하고
모든 것이 차갑고 매정하다.
하늘에 반짝이는 별조차
다정하게 위로해 주지 않는다.

사랑 또한 죽는다는 것을
이 가슴으로 알고부터는.

"나는 들이 없어도, 음악이 없어도 살아갈 수 있습니다.
그런 것이나 그 밖의 여러 가지 것들이 없어도 살아갈 수 있
는 겁니다. 하지만 빠뜨릴 수 없는, 빠뜨리고 싶지 않은 딱
한 가지 것이 있습니다. 나는 내 마음 속에 있는 음악이 무시
당하게 되면 단 하루도 살아갈 수 없는 것입니다. 만약 내가
어떤 사람을 남편으로 삼아 함께 산다면, 그 사람의 마음 속
의 음악이 내 음악과 아름답게 조화될 그런 사람이어야 합니
다. 그리고 그 사람의 음악은 순수해야 하고 자기의 음악이
나의 음악과 잘 조화되기를 비는 사람이어야 합니다."

'이일리스'에서

"연인이나 남편이 질투를 하도록 하는 것도 좋은 일일세.
사랑 그 자체와 마찬가지일 정도로 좋을지도 모르지."

'베르톨트'에서

단 한 시간이라도 그녀의 연인이 되고 싶었다. 그녀는 모
든 것이었다. 어머니이고 자식이고 연인이고 짐승이고 마돈
나였다.

'클링소르의 마지막 여름'에서

"역시 당신은 나를 사랑하지 않아. 당신은 누구도 사랑하지 않아. 그렇지 않아?" "그럴지도 모르지. 나도 너도 마찬가지야. 너도 사랑하고 있지 않을 거야 —— 그렇지 않다면 어떻게 네가 사랑을 하나의 기술로서 영위할 수 있겠어? 우리 같은 사람은 아마 남을 사랑할 수 없을 거야. 세상 사람들은 그것이 가능해. 그것이 그들의 비밀이지."

'싯다르타' 에서

"아아, 얼마나 보잘 것 없는 남자와 결혼한 것일까요, 저 여자는. 세상이란 그런 것이군요."

'향수' 에서

어떻게 그 저녁을 잊을 수 있으리, 호숫가 어두운 벤치 위에서 보낸 따뜻했던 유월의 어느 날 저녁을. 그리고 우리의 띄엄띄엄 이어지던 대화, 2, 3분마다 불쑥 한마디, 그리고 첫 키스를.

'보덴 호' 에서

"나는 거짓말을 할 수 없습니다. 나는 당신을 사랑하고 있습니다. 그리고 당신이 내 남편이었으면 하고 생각한 적도 몇 번이나 있습니다. 왜냐하면 당신은 내가 진심으로 그리워한 최초의 사람이기 때문입니다. 지금까지 단 한 번이라도 순정도 없고 선하지도 않은 사람을 사랑할 수 있으리라고는 생각해 본 적이 없었는데. 그러나 나는 남편 곁에 있는 것이 당신 곁에 있는 것보다는 천 배나 더 좋습니다. 나는 남편을 그다지 사랑하고 있지도 않지만, 그래도 그분은 신사입니다.
그리고 당신이 모르시는 명예와 품위를 알고 있습니다. 이
제, 제발 다시는 아무 말도 말아 주십시오."

'아우구스투스'에서

나는 당신 한 사람만을 사랑하고 있는 것은 아니다. 그것
은 당신도 알고 있다. 내일이나 모레는 다시 다른 사람을 사
랑하고 다른 모습을 그리워할 것이다. 나는 이제까지 느낀
어떤 사랑도, 그것을 위해서 연출한 어떤 현명한 행동도, 어
떤 어리석은 행동도 후회하지는 않는다. 당신이 좋은 것은
아마 나와 비슷하기 때문이리라. 그리고 다른 여자를 사랑하
는 것은 나와 닮지 않았다고 생각하기 때문이리라.

'클링소르의 마지막 여름'에서

사랑의 노래
나는 수사슴이고 당신은 새끼사슴
당신은 새, 나는 나무
나는 눈, 당신은 태양
나는 꿈이고 당신은 한낮

밤이 되면 자고 있는 나의 입에서
금빛 작은 새가 당신에게 날아간다.
금빛 작은 새는 아름다운 것, 밝은 소리로
당신에게 사랑의 노래를 부른다.
당신에게 나의 노래를 부른다.

사랑

축복을 보내 주는 당신의 입술에
다시 한 번 정답게 닿고 싶다.
당신의 사랑스러운 손을
만지작거리면서 나의 손 안에 잡고 싶다.
사모하는 눈길을 당신의 눈에 쏟아 넣고
당신의 머리칼 속에 깊숙이 머리를 묻고 싶다.
언제나 깨어 있는 젊은 몸으로
당신의 몸의 움직임에 충실하게 응하고
끊임없이 새로운 사랑의 불 속에서
당신의 아름다움을 천 번이라도 소생시키고 싶다.
우리 두 사람의 마음이 고요해져서 감사로 가득 차고
모든 괴로움을 잊고 무상의 행복으로 살기까지,
낮에도 밤에도 오늘도 내일도 원하는 것 없이
사랑하는 형제로서 인사할 수 있기까지.
무엇을 하더라도 빛으로 가득 찬 자로서
평화에 젖어서 걸을 수 있게 되기까지.

부탁

당신이 귀여운 손을 내밀고
그 손이 말없이 많은 것을 얘기하고 있을 때
일찍이 나는 물은 적이 있던가
나를 사랑해 주는 거냐고.

나를 사랑해 달라고 요구하진 않겠어요.
그저 내 곁에 있어 주면서
이따금 말없이 살짝
손을 내밀어 달라고 하고 싶을 뿐.

한편으로는 잔인해지고 한편으로는 굴욕을 참는 것이 연애라고 한다면, 연애 따위는 안 하는 편이 보다 나은 생활을 할 수 있다.

'봄의 폭풍우'에서

젊은 사람들의 사랑과 오랜 결혼 생활을 통해 이루어진 사랑은 서로 같을 수가 없다.

'봄의 폭풍우'에서

두 사람이 아무리 긴밀하게 맺어져 있다 해도 그 사이에는 언제나 심연이 입을 벌리고 가로놓여 있어서, 사랑만이, 그것도 시간마다 임시로 가교(架橋)를 놓고 그 심연을 건널 수 있다.

'크눌프'에서

때로는 사랑이란 허무한 것이다. 서로 호의를 가지고 있는 사람이 각기 불가해한 운명을 살면서 스쳐간다. 서로가 아무리 다가가서 도우려고 해도 뜻없는, 슬픈 꿈 속에서처럼 아무것도 할 수 없는 것이다.

'봄의 폭풍우'에서

　여자라는 것, 사랑이라는 것은 참 묘한 것이구나, 하고 그
는 생각했다. 여자와 사랑은 분명히 말을 필요로 하지 않는
것이다. 그 여자는 밀회의 장소를 가리킬 때만 한마디 했을
뿐이다. 그 밖에는 어떤 것도 말로 하지 않았다. 그럼 무엇으
로 말했는가? 눈으로, 그렇다, 눈으로. 그러고는 얼마쯤 망
설이는 듯한 어떤 울림으로, 그러고는 피부에서 발산하는 미
묘한 향기 같은 것으로 말했다. 남자와 여자가 서로 원하고
있을 땐 풍기는 냄새로 곧 느낄 수 있다.

'나르치스와 골드문트' 에서

　한 순간을 위해서 자기를 던져 버릴 수 있는 것, 한 사람
한 사람의 여자의 미소를 위해서 오랜 세월도 희생시킬 수
있는 것, 그것이 행복이다.

'가을의 도보 여행' 에서

　연애에 있어서는, 나는 평생 아이의 영역을 벗어나지 못하
고 있다. 나에게 있어서 여성에 대한 사랑은 언제나 마음을
깨끗하게 해 주는 숭배이고, 우수 속에서 곧장 타오르는 불
꽃이며, 푸른 하늘을 향해 사무치는 기도의 손길이었다. 어
머니 이래로 나는 나 자신의 막연한 감정 속에서 여성 전체
를 미지의 아름다운, 수수께끼 같은 족속으로 추앙했다. 그
것은 타고난 아름다움과 모순이 없는 마음에 의해 우리보다
뛰어나고, 별이나 푸른 산맥처럼 우리에게서 멀며, 신에게
한층 가까이 있는 듯이 보였으므로, 신성한 것으로 여겨야
한다고 생각했다.

'향수' 에서

　나는, 여자란 것은 자기를 사랑하고 있는 남자의 절망적인 괴로움에 대해 잔인한 기쁨을 느끼고 있다는 불신을 마음속에 품고 있다.

'향수'에서

　사랑이란 애원해서 얻을 수도, 살 수도, 선물로 받을 수도, 길에서 주울 수도 있다. 하지만 결코 빼앗을 수만은 없다.

'싯다르타'에서

　사랑하는 사람끼리는 사랑의 향연 후에 조금이라도 불만스러운 마음을 가지고 헤어져서는 안 된다. 반드시 서로 경탄하고, 상대를 정복할 뿐만 아니라 상대에게도 정복을 당해야 한다. 두 사람 중 어느 쪽에라도 포만의 싫증이나 채워지지 않은 쓸쓸한 느낌이 남아서는 안 된다. 상대를 희생시켰다든지 상대로부터 희생당했다든지 하는 불쾌한 감정이 생겨나서는 안 된다.

'싯다르타'에서

　그 여자 없이는 살 수 없다든지 그 여자와 함께는 살 수 없다는 그런 여자는 없다.

'클라인과 바그너'에서

　사랑한다는 것은 이런 것이다. 사랑에는 고통이 따른다. 그러나 고통이 따르든 따르지 않든 그런 것은 아무래도 좋다. 삶을 함께한다는 굳센 생각이 있기만 하다면, 모든 살아

있는 것이 우리에게 의지하는 긴밀하고 싱싱한 인연을 느낄
수 있기만 하다면, 그리고 사랑이 식지만 않는다면 그것으로
좋은 것이다.

'향수' 에서

사랑의 기쁨의 허무함 속에서 때때로 그가 느끼는 비애와
권태의 기분이 생겨났다. 가식적이고 도취적인 쾌락의 재빠
른 타오름과 그 갈망의 짧은 연소, 성급한 소멸 —— 그것은
그에게 있어서 체험의 핵심을 내포하고 있는 것처럼 생각되
었고, 인생의 모든 환희와 비애의 상징이 되었다. 그는 그 비
애와 허무감에도 사랑을 대할 때와 마찬가지로 마음을 쏟을
수 있었다. 이 우수 또한 사랑이고 환희였다. 가장 행복한,
최고의 긴장의 순간에 사랑의 환희는 곧 사라져서 죽어야 한
다는 것이 확실한 것처럼, 심한 고독과 근심 또한 갑자기 소
망에 말려들어서 인생의 밝은 면에 새로이 마음을 쏟게 되는
것도 확실했다. 죽음과 쾌락은 하나였다. 생명의 어머니를
사랑 또는 기쁨이라고 부를 수 있었지만, 그것은 또한 무덤
또는 부패라고 부를 수도 있었다. 어머니는 이브이고 행복의
샘인 동시에 죽음의 샘이었다. 어머니는 영원히 사는 동시에
영원히 죽었다. 어머니에게 있어서 사랑과 잔인은 하나였다.

'나르치스와 골드문트' 에서

어머니도 형제도 없이, 특히 여자 형제도 없이 자란 소년
에겐 어린 시절의 반은 없다고 말할 수 있다. 만약 그 밖에도
여자의 정에 다정하게 접할 기회를 전혀 가지지 못한 경우에

사랑과 행복 141

는 그 반 이상이 없다. 여자라는 것을 높이 평가하든 그렇지
않든 간에 아이의 보호자나 수호자로서의 여자는 신성한 역
할을 하고 있고, 이 점에서는 어느 누구도 그것을 대신할 수
없다.

'베르톨트'에서

일찍이 철없는 어린 소년이었을 때, 우리는 당연한 권리로
서 인생에 대해 얼마나 많은 것들을 기대했던가, 그러나 그
중에서 얼마나 조금밖에 실현되지 않고 말았는가? 그래도
인생은 좋은 것이고 아름다운 것이며, 매일 성스러운 힘으로
우리의 마음을 감동시킨다. 아마도 가련한 여자의 사랑 또한
그런 것이리라. 사람들은 그녀들에게 옛 이야기 속에 나오는
숲이나 달빛에 빛나는 정원을 얘기해 주지만, 그녀들이 나중
에 발견하는 것은 황폐한 한 뼘의 땅에 지나지 않고, 그 땅에
는 장미 대신에 약간의 잡초밖에 자라고 있지 않다. 그녀들
은 꽃다발을 만들어서 창가에 둔다. 저녁놀이 모든 물체에서
색깔을 지우고, 멀리서 바람의 노래가 들려오면 그녀들은 그
꽃다발을 애무하며 미소짓고, 그것이 재미이기라도 한 듯이,
황폐한 한 뼘의 땅이 옛 이야기 속의 정원이기라도 한 듯이
생각하는 것이다.

'보덴 호'에서

우리는 점점 나이를 먹고 어른이 되어서 순결을 잃고 침착
성을 찾아 낸다. 하지만 그 여자들, 일찍이 우리가 동경해서
좇아다니고, 우리에게 처음으로 사랑의 서광을 비춰 준 그녀

들은 어떻게 지내고 있을까? 우리가 차례로 그녀들의 곁을 떠났을 때 그녀들은 어떻게 느꼈을까? 부푼 꿈으로 가득 찼던 청춘 시절의 종말에 마지막 남자에게 승낙의 대답과 손을 줄 때 그녀들은 어떻게 느꼈을까? 우리들 남자에게는 무엇이든 할 일이 있다. 창조하고 연구하고 작업한다. 일과 직업이 있고, 크고 작은 기쁨과 나쁜 짓이 있다 —— 그러나 사랑 속에서만 살고 사랑에만 기대를 걸고 있는 여자들은 무엇을 가지고 있을까. 최초의 젊은이들, 대담하면서도 겁쟁이였던 그녀의 숭배자들이 약속하고 찬미하고 농담하는 것 중의 극히 일부도 그녀들은 마지막 남자에게서조차 얻지 못하는 법이다.

'보덴 호' 에서

그것은 비극적인 것은 아닙니다. 어떤 사람이 자기가 사랑하는 것을 손에 넣어 자기 것으로 만들 수 없다는 것은 인간의 운명에서는 흔해빠진 일입니다. 그것에서 벗어나려면 자기의 사랑에 대해 가지고 있는 넘치는 정열과 헌신을 그 대상에서 떼어 일이나 사회적인 협력, 예술 등 다른 목표로 돌려야 합니다. 이것이 당신의 사랑을 풍성하게 열매 맺는, 뜻있는 것으로 만들 수 있는 길입니다.

'서간' 에서

행복

사랑과 기쁨은, 우리가 '행복' 이라고 부르는 것은 아무 곳
에나 있는 것이 아니라 우리의 마음 속에만 있는 것이다.

'크리스마스' 에서

오늘날 나는 행복이라는 것은 전혀 객관적인 어떤 것이라
고 생각하고 있다. 즉 전체 그것, 몰시각적인 존재, 세계의
영원한 음악, 다른 사람들이 천체의 조화 또는 영원한 미소
라고 불렀던 그런 것이다. 이 정수(精髓), 이 무한한 음악,
이 낭랑하게 울리고 황금빛으로 빛나는 영원은 순수하고 완
전한 현재여서 시간도 역사도 과거도 미래도 모른다. 인간과
세대와 국민과 국가는 흥성했다가 이윽고 그늘과 무 속으로
가라앉아 사라져 버리지만, 세계의 얼굴은 영원히 빛나게 웃
고 있다. 삶은 영원히 음악을 연주하고 영원히 윤무를 춘다.
그리고 우리들 무상한 것, 위험에 놓여 있는 것, 허무한 것에
도 또한 기쁨이나 위안이나 웃음이 주어진다면, 그것은 거기
로부터의 빛남이고 빛으로 가득 찬 눈이며 음악으로 가득 찬
귀이다.

'행복론' 에서

우리들의 경우, 행복이라는 것은 완전한 현재 속에서 호흡
하는 것, 천체의 합창 속에서 함께 노래하는 것, 세계의 윤무
속에서 함께 춤추는 것, 신의 영원한 웃음 속에서 함께 웃는

것이다. 대부분의 사람들은 그것을 한 번밖에 혹은 두세 번
밖에 경험하지 못한다. 그러나 그것을 체험한 자는 그 한 순
간만 행복한 것이 아니고 몰시간적인 기쁨의 빛이나 광채나
울림을 얼마쯤은 얻고 있는 것이다. 그리고 우리의 세계에
사랑하는 사람에 의해 초래된 사랑, 예술가에 의해서 초래된
위안이나 밝음, 몇 세기 후에도 최초의 날처럼 빛나고 있을
모든 것은 거기에서 오는 것이다.

'행복론'에서

행복하다는 것은 소망을 가지는 것을 말한다.

'로스할데'에서

현대인의 평균적인 실천 종교는 본질적으로 모두 자아와
자아 투쟁의 찬미이다. 그러나 이 자아 감정과 투쟁에 탐닉
해서 행복하다고 느끼는 것은 소박한 인간에게만 가능하다.
지식이 있는 인간, 괴로워하고 고뇌함으로써 눈이 뜨인 인
간, 또는 괴로워하고 고뇌함으로써 독자적인 경지를 개척한
인간에게 있어서는 이러한 투쟁 속에서 행복을 찾아 내는 것
은 금지되어 있다. 그들에게 있어서는 행복은 다만 자아를
버리는 것, 통일을 체험하는 것 속에서만 생각할 수 있다.

'요양객'에서

행복

그대가 행복을 추구하고 있는 한
그대는 언제까지나 행복해지지 못한다.
가령 가장 사랑하는 것을 손에 넣더라도
그대가 잃은 것을 한탄하고
목표를 향해서 움직이고 있는 한
그대는 아직 평안함이 무엇인지 모른다.

그대가 모든 소망을 버리고
이미 목표도 욕망도 없고
행복에 대해서도 말하지 않게 되었을 때
그때에야 세상의 거친 파도는 그대 마음에 미치지 않고
그대의 마음은 비로소 휴식을 안다.

누구나 다 자기에게 닥쳐온 불행을 최대의 불행이라고 생
각하고 있다.

'황야의 이리'에서

어떤 사람이라도 그 사람이 특별히 불행하다고는 말할 수
없다. 속이 음흉하지 않은 사람이라도 행복하다고는 단정할
수 없고, 극히 불행한 생활에조차 햇빛은 비치며, 모래나 자
갈 틈에도 행복의 꽃은 피는 것이다.

'황야의 이리'에서

인생의 행·불행을 지나치게 이러쿵저러쿵 얘기하는 것은 아무 소용 없는 일이다. 왜냐하면 일생에서 가장 불행했던 나날은 즐거웠던 날들과 바꿀 수 없으리만큼 소중하게 생각되기 때문이다.

'봄의 폭풍우'에서

전쟁은 개미도 하고, 국가는 꿀벌이라도 가지고 있으며, 부(富)는 들쥐도 축적한다. 그러나 그대의 영혼은 다른 길을 구하는 것이다. 그리고 그대가 그 영혼을 희생으로 삼아 어떤 성공을 거둔다면 그대는 결코 행복해지지 않는다. 왜냐하면 행복을 느낄 수 있는 것은 영혼일 뿐, 오성(悟性)도 위장도 두뇌도 지갑도 아니기 때문이다.

'관찰, 영혼에 대하여'에서

피에로는 추억 때문에 슬퍼할 뿐 꿈을 좇기 위해서 현재의 행복을 희생시키는 사람은 아니었다.

'이야기 모음, 말하는 사람'에서

나는 자기 생활에서든 타인의 생활에서든 의식적으로 그것을 형성할 능력이 인간에게 있다고는 생각하지 않는다. 돈이나 명예나 훈장을 획득하는 것은 가능하다. 그러나 행복 또는 불행을 획득하는 것은 자기를 위해서든 타인을 위해서든 불가능한 것이다.

'봄의 폭풍우'에서

인간은 행복에의 동경으로 가득 차 있지만, 행복 그 자체
에는 오래 견딜 수 없다.

'1946년 연두의 말' 에서

생활 속에는 때때로, 그것이 어떤 생활이든 행복이라고 할
만한 것이 찾아오기도 한다. 그리고 그것이 결코 오래 지속
되지 않는다는 것은 어쩌면 좋은 일일지도 모른다.

'테신의 가을날' 에서

가을이 오면 언제나 내 마음은 슬퍼졌다. 마음이 찢어진다
고까지는 말할 수 없지만 짙은 향수에 잠겨서 그 빛 속에서
공상하면서 잃어버린 것을 바라보았다. 그 어떤 곳인가에 정
착하면 한 뼘의 땅, 단지 그것을 바라보거나 그려보는 것만
이 아니라 그것을 사랑하고 경작하면서 농부나 양치기의 조
심스러운 행복에 잠기는 것, 그것은 나에게는 아름답고 부러
운 운명으로 생각되었다. 다만 나 자신이 이 운명을 맛보고
자신을 행복하게 하는 그것만으로는 충분하지 않음을 알긴
했지만.

'테신의 가을날' 에서

나이 든 사람이 자기가 언제, 얼마만큼 자주, 얼마나 강하
게 행복을 느꼈던가를 생각해 내려고 할 때는 무엇보다도 어
린 시절에서 그것을 찾는다. 그것은 당연하다. 왜냐하면 행
복을 체험하기 위해서는 무엇보다도 시간에 지배되지 않을
것과 동시에 공포나 희망에 지배되지 않을 것이 필요하기 때

문이다. 그리고 대부분의 사람은 나이와 함께 이 능력을 잃
어 가기 때문이다.

'행복론'에서

'행복론'에서

삶과 죽음

청춘

  사람은 나이를 먹게 되면 젊을 때보다도 쉽게 만족하게 된
다. 그렇다고 나는 젊은 시절을 탓할 생각은 없다. 왜냐하면
모든 꿈 속에서 청춘은 멋진 노래처럼 울려 오고, 지금 그 울
림은 청춘이 현실이었던 때보다 한층 더 청순한 가락을 띠고
있기 때문에.

'봄의 폭풍우'에서

  아아, 청춘은 아름다웠다. 정말로 그 무렵은 좋았다. 물론
죄나 슬픔도 숨어 있기는 했다. 그러나 틀림없이 그것은 행
복한 세월이었다. 그 무렵의 나처럼 그렇게 술을 퍼 마시고,
그렇게 춤을 춰 대고, 그렇게 밤마다 사람을 찬미할 수 있었
던 사람은 그리 많지 않으리라. 하지만 실은 그때에 거기서
물러서야 했던 것이다. 그 후로는 두 번 다시 그처럼 행복한
시절은 오지 않았다. 그래, 그것이 마지막이었다.

'크눌프'에서

유년 시절
너는 머나먼 골짜기
마법에 걸려서 가라앉은 골짜기
내가 고난에 허덕이고 있을 때
너는 흔히 그들의 나라에서 말을 걸고
동화 속의 아가씨처럼 눈을 떴다.
나는 여러 번 황홀해져서
네게로 돌아간 것인가 하고 환상에 잠겼다.

오오, 어두운 문이여
오오, 어두운 죽음의 때여
나에게로 가까이 오라,
내가 기운을 차려 이 삶의 공허함에서
나의 꿈나라로 돌아갈 수 있도록.

유년 시절에 지나온 곳은 모든 것이 아름답고 신성하다.

'청춘은 아름다워라'에서

꽃은 아름답다.
하지만 아름다운 청춘인
그대는 더욱 아름답다.

아가테는 그런 처녀로서 꽃보다 더 아름답고, 게다가 꽃과
닮아 있었다. 어떤 나라에도 그처럼 아름다운 여자가 한두
사람 있기는 하지만 그다지 많지는 않다. 그런 여자를 볼 때

마다 즐거워진다. 그녀들은 다 큰 아이와 같아서 수줍음도
잘 타고 싹싹하기도 하다. 그 흐려지지 않은 눈에는 아름다
운 동물이나 숲 속의 샘 같은 광채가 있다. 그녀들을 보면 잡
된 생각 없이 좋아진다. 그녀들을 보고 있노라면 청춘과 인
간의 꽃이라고도 할, 이처럼 아름다운 모습도 언젠가는 시들
지 않으면 안 된다는 것이 슬퍼진다.

'가을의 도보여행' 에서

　젊다든지 나이가 들었다든지 하는 것은 평범한 사람들 사
이에만 있는 일입니다. 좀더 천부적으로 뛰어난 사람들은 어
떤 때는 늙고 어떤 때는 젊어지는 것입니다. 마치 기쁠 때가
있고 슬플 때가 있는 것처럼.

'서간' 에서

　젊은이는 비판이나 부정을 양식으로 해서 사는 것이 아니
라, 감격과 이상에 의해서 산다.

'세계사' 에서

　도대체 아이들이 하고 있는 일은 어른들이 하고 있는 일에
비해 옳지도 착하지도 중요하지도 않은 것일까? 아니, 그렇
지 않다. 그렇기는커녕 그 반대이다. 하지만 어른에게는 권
력이 있어서 명령하고 지배하고 있는 것이다. 그런데 어른에
게도 아이와 꼭같이 그들 나름의 놀이가 있어서 소방(消防)
놀이를 하거나 병정놀이를 하거나 클럽에 가거나 술집에 가
거나 한다. 게다가 만사에 거드름을 피우면서 당연하다는 듯

한 얼굴을 하고, 이런 일은 모두 이렇게 해야 한다는 듯한,
이 이상 훌륭하고 신성한 일은 없다는 듯한 태도로 행하는
것이다.

'마술사의 유년 시절'에서

청년의 임무·동경·의무는 생성(生成)이고, 성숙한 인간
의 임무는 자기를 버리는 것, 독일의 신비주의자들이 일찍이
명명한 것처럼 '감생(減生)'입니다. 인간은 인격의 희생을
바치기 위해서 먼저 충실한 인간, 진정한 인격이 되어 있지
않으면 안 되고, 개성화하는 괴로움을 견뎌 내지 않으면 안
됩니다.

'서간'에서

나는 내 청춘이 이미 이별을 고하기 시작한 듯한 느낌이
들었다. 모든 일이 제대로 되지 않아 환멸밖에는 아무것도
느끼지 못하고 밤늦게까지 골방 안에서 슬픈 시를 썼다. 불
행히도 이 기묘한 우수 속에서 가장 순수한 청춘의 기쁨의
하나를 맛보고 있다는 데는 생각이 미치지 못했던 것이다.

'리기의 일기'에서

산에 있는 날
노래하라, 나의 마음이여,
내일이 되면 너는 죽어서
별이 빛나도 네게는 보이지 않으리.
새가 노래해도 네게는 들리지 않으리.

노래하라, 나의 마음이여,
네 시간이 타오르고 있는 동안
너에게 주어진 순간을 노래하라.

태양은 번쩍이는 눈 위에서 웃고 있다.
구름은 먼 골짜기 위에서 화환을 만들고 있다.
모든 것이 새롭고 모든 것이 열과 빛이다.
그림자 하나 없고 근심 하나 없다.
호흡은 축복이고 기도는 노래다.
숨쉬어라 영혼이여,
태양을 향해 넓게 가슴을 펴라.
너에게 주어진 그 순간을.

사는 것은 즐겁다. 환희도 고통도 즐겁다.
바람에 날리는 눈송이 하나하나가 행복하다.
나는 행복하다, 나는 천지 창조의 중심이다.
대지와 태양의 총아이다.
한 시간 동안
웃고 있는 한 시간 동안,
눈이 바람에 날려 가고 말 때까지는.

노래하라, 나의 마음이여,
오늘은 너의 시간.
내일이 되면 너는 죽어서
별이 빛나도 너에게는 보이지 않으리,

새가 노래해도 너에게는 들리지 않으리.
노래하라, 나의 마음이여,
너의 시간이 타고 있는 동안
너에게 주어진 그 잠깐인 시간을 노래하라.

노년

"아아, 나는 말이오, 속으로는 나이를 먹는 것에 몹시 호
기심을 가지고 있는 거요. 청춘 따위는 속임수에 지나지 않
소. 신문이나 책에서 찬양받고 있는 속임수지요. 그들은 청
춘을 인생의 가장 행복한 때라고 말하지요. 당치도 않은 소
리. 노인이야말로 언제나 훨씬 행복한 인상을 줍니다. 청춘
은 인생의 가장 괴로운 시절입니다. 이를테면 자살 따위는
나이가 들고 나서는 거의 하지 않죠."

'봄의 폭풍우' 에서

인간에게 어울리는 방법으로 나이를 먹고, 그때마다 그 나
이에 어울리는 태도 또는 지혜를 지닌다는 것은 지극히 어렵
습니다. 대체로 우리의 정신은 육체에 앞서거나 뒤지거나 그
어느 쪽입니다. 이 불균형을 시정하는 것이 생활의 간격이나
병일 때 흔히 우리를 엄습하는 저 내심의 생활 감정의 흔들
림은 생명의 근원의 떨림과 불안입니다.

'서간' 에서

흔히 나이가 들어서 젊을 때 갖고 있지 않던 역사에 대한 감각을 얻는 것은 체험과 인고의 수십 년을 거치는 동안에 인간의 얼굴과 정신에 쌓아올려진 많은 층을 아는 것에 바탕을 두고 있다. 꼭 의식하고 있다고는 할 수 없지만, 결국 노인들은 모두 역사적으로 사물을 생각하는 것이다.

'가을의 체험'에서

노인으로서 그 의미를 충족시키고 그 임무에 어울리는 자가 되기 위해서는 노령과 그것이 초래하는 모든 것을 양해하고, 거기에 대해서 '예'라고 말하지 않으면 안 된다. 이 '예'가 없으면, 즉 자연이 우리에게 요구하는 바에 대한 헌신이 없으면, 우리의 나날의 가치와 의미는 우리가 늙었든 젊었든 간에 없어지고 말아 우리는 삶을 속이는 것이 된다.

'노령에 대해서'에서

기억이라든지 망각이란 것은 재미있는 것이다. 인생의 어느 단계에서나 그때마다의 모습과 상태를 가지고 있지만 노년이 시작됨과 동시에 훨씬 젊었을 무렵에 우리에게 중요했던 갖가지 모습은 완전히 잊혀져 버린 듯이 보이더라도 틀림없이 멀고 어두운 저쪽에서 또다시 나타나서, 나중에 그 위에 겹쳐졌던 갖가지 상(像)을 살금살금, 조용히 꿰뚫고 나오는 것이다.

'크라센 씨'에서

나는 노인입니다. 그리고 젊은 사람을 좋아합니다. 그러나 젊은 사람에게 강한 흥미를 갖고 있다면 거짓말이 되겠지요. 노인에게 있어서, 특히 지금 같은 어려운 시대에 있어선 흥미있는 문제란 하나밖에 없습니다. 그것은 정신과 신앙의 문제, 고뇌와 죽음에 지지 않는다는 것을 실증할 수 있는 심정과 경건성의 문제입니다. 고뇌와 죽음에 지지 않는다는 것은 노령자에게 부과된 과제입니다. 감격하고 동요하며 흥분하는 것은 젊은 사람의 기분입니다. 이 두 가지는 서로가 서로를 인정하고 사이좋게 지낼 수 있습니다. 그러나 그것은 각기 다른 언어로 얘기하고 있는 것입니다.

'서간'에서

안개 내리면
꽃은 모두
말라 시든다.
사람도 또한
죽어서
무덤에 눕는다.
하지만 꽃과 같이
봄이 오면
사람도 태어나리.
그러면 영원히 병들지 않고
모든 죄도 용서받으리.

'크눌프'에서

가을

수풀 속의 작은 새들이여
노래지는 숲을 따라서
너희들의 지저귐은 그 얼마나 분망한가 ——
그렇다, 작은 새들이여, 서두르는 게 좋다.

이제 곧 바람이 휘몰아친다.
이제 곧 죽음이 다가온다.
이제 곧 회색의 요괴가 와서 웃는다.
우리의 마음은 얼어붙고
뜰은 화려함을
생명은 빛을 모조리 잃어버렸다.

나뭇잎 그늘의 작은 새들이여
귀여운, 작은 형제들이여
즐겁게 노래 부르지 않겠느냐
이제 곧 우리는 티끌이 되는 거다.

단계

어떤 꽃도 시들고 어떤 청춘도 늙음에 굴복하듯이
어떤 생의 단계도 어떤 지혜도 어떤 덕도
다만 제때에만 꽃피고
영원한 이어짐은 허용되지 않는다.
마음은 어떤 삶의 부름을 받더라도
이별을 고하고 시초로 돌아가니

슬퍼하지 말고 태연하게
다른 새로운 관계 속으로 들어갈 각오가 없어서는 안 된다.
하나 어떤 시초에도 마술이 깃들여
우리를 지키고 우리 생명을 돕는다.
우리는 쾌활하게 이곳저곳을 걸어서 지나가지 않으면 안
된다.
어떤 장소에도 고향처럼 집착해서는 안 된다.
세계의 정신은 우리를 묶어 가두는 일 없이
한층 또 한층 높이고 넓히려 한다.
하나의 생활권에 정들어 정착하면
당장에 이완이 우리를 위협한다.
출발과 여행의 마음가짐을 잃지 않는 자만이
습관의 마비에서 몸을 떨쳐 낼 수가 있으리.
아마 죽음의 때에도 또한
우리를 새로운 장소로 보내겠지.
우리에게 삶의 부름은 결코 끝나는 일이 없을 것이다…….
자아, 마음이여, 이별을 고하고 힘차게 살아라.

'유리알 유희'에서

불안

그는 지금 홀연히 불안이란 어떤 것인가를 깨달았다. 불안
은 불안의 정체를 꿰뚫어본 자에게만 극복될 수 있다. 사람
은 수많은 것들에서 불안을 느낀다. 고통에 대하여, 심판자

에 대하여, 자신의 마음에 대하여 불안을 느낀다. 잠에 대하여, 잠에서 깸에 대하여, 차가움에 대하여, 광기에 대하여, 죽음에 대하여 —— 특히 죽음에 대하여 불안을 느낀다. 그러나 이들 모든 것은 단순한 가면이고 가장(假裝)이다. 실제로 사람이 불안을 느끼는 것은 단 한 가지 일 때문이다. 그것은 몸을 던지는 것, 미지의 것 속에 발을 들여놓는 것, 모든 안전의 보장을 넘어 한 걸음 내딛는 일인 것이다.

'클라인과 바그너' 에서

어찌 된 것이냐, 이 세상의 따분함은. 내일도 또 일어나서 먹고 살아가야 하다니, 얼마나 못 견딜 노릇이냐. 도대체 왜 살고 있는가?

'방랑' 에서

아무리 사랑하는 여자의 얼굴이라도 그것이 거짓말을 하지 않게 되어 침묵하고, 잠들어 있을 때는 추하게 일그러져서 잔인한 자극을 준다. 사람은 그 얼굴의 밑바닥에서는 사랑의 흔적을 찾아 내지 못한다. 마치 자기 마음의 밑바닥에서 사랑의 흔적을 발견하지 못하듯이. 거기에는 생명욕과 불안이 있을 뿐이다. 그리고 그 생명욕과 불안에서, 냉혹한 고독과 죽음에 대한 어리석고 어린애 같은 불안에서 도망치기 위해서 서로 다가서고 키스하고 포옹하고 볼과 볼을 비비고 다리와 다리를 얽어 새로운 인간을 이 세상에 낳는 것이다.

'클라인과 바그너' 에서

인생은 때때로
인생은 때때로 빛이 넘치고
기쁨의 색깔로 빛나고
그리고 웃고는, 물으려고도 하지 않는다.
고민하는 자, 망해 가는 자에 대해서.

하나 내 마음이 항상 구하고 있는 것은
고뇌를 숨기면서
저녁이 되면 골방에 틀어박혀
동경의 눈물을 흘리는 사람들이다.

고뇌로 마음이 어지러워 방황하며 헤매는
많은 사람을 나는 알고 있다.
그 사람들을 나는 마음 깊이 형제라고 부르고
기꺼이 맞이하는 거다.

　인간의 목표는 신이고 신에게의 복귀이며 신 속에 머무는
것이었다. 이 목표가 불안을 만들어 냈다. 왜냐하면 그것은
잘못이었으니까. 신 속에 머무는 것은 있을 수 없다. 안식이
라는 것은 존재하지 않는다. 다만 영원히 다하지 않는, 굉장
하고 신성한 신의 호흡이, 형성과 해체가, 탄생과 죽음이, 출
발과 귀환이, 끝없이 계속될 뿐이다. 그러므로 있는 것은 유
일한 비법, 유일한 비교, 유일한 비밀 —— 즉 몸을 던지는
일, 신의 뜻에 거역하지 않는 일, 무엇에도 집착하지 않고 선

에도 악에도 관여하지 않는 일이다. 그렇게 하면 사람은 고
뇌와 불안에서 구원을 받는 것이다. 다만 그때에만.

'클라인과 바그너' 에서

　　불안이 없는 생활을 생각하는 것만으로도 멋지다. 불안을
극복하는 것, 그것이 행복이고 구원이다.

'클라인과 바그너' 에서

고독

지상에는
많은 길이 통하고 있다.
하지만 그 길이 닿는 곳은
하나밖에 없다.

너는 말을 타고 가건 차를 타고 가건
둘이서 가건 셋이서 가건
마지막 한 걸음은
혼자서 자기 발로 가야 한다.

그러니까 무엇을 알고 있건
무엇을 할 수 있건
마침내
괴로운 일은 모두 혼자서 해야 한다.

여러분, 나는 여러분에게 고독에 대해서 더 얘기해도 될지 어떨지 모른다. 예컨대 여러분을 유혹해서 그 길을 걸어 보게 하고 싶지만. 여러분에게 얼음처럼 차가운 환희의 노래를 불러 주고 싶지만. 그러나 나는 극히 소수의 사람밖에는 이 길을 무사히 걸을 수 없음을 알고 있다. 사랑하는 여러분, 그곳은 어머니가 없어서 살기 어려운 곳이다. 고향도 조국도 국민도 없고, 영광도 없고, 또한 함께 생활하는 즐거움도 없어 살기 어려운 곳이다. 그곳은 추워서 살기 어려운 곳이다. 그래서 이 길을 걸은 자는 대개 망해 버렸던 것이다.

'차라투스트라의 복귀'에서

아이로부터 어른이 되는 것은 단 한 걸음, 단 한 발자국에 지나지 않는다. 고독하게 되는 것, 자기 자신이 되는 것, 부모에게서 멀어지는 것, 이것이 아이에서 어른이 되는 첫 걸음이다.

'차라투스트라의 복귀'에서

밤은 익숙해져 있는 공동 생활의 감정을 멀리한다. 등불도 보이지 않고 사람의 발소리도 들리지 않게 되면 잠 못 이루고 있는 자는 뼈저리게 고독을 느끼고, 다른 사람으로부터 격리되어 자기만을 의지해야 한다는 것을 안다. 그리고 무엇을 생각하건 인간은 어쩔 수 없이 혼자이고, 혼자 살면서 고통도 공포도 죽음도 혼자 맛보고 견디어 가야 한다는 그 무서운 감정이 스며들어 건강한 자와 젊은이에게는 그늘이 되고 경고가 되며, 약한 자에게는 전율이 되는 것이다.

'청춘은 아름다워라'에서

나는 절망이 은총이 되어 우리의 생활이 새롭게 다시 태어
난다는 경험을 몇 번이나 해 왔습니다. 당신은 나를 정신분
석가라고 부르고 있으니까, 나는 이 경험을 다음과 같이 설
명해 보고 싶습니다. 문화와 정신이 요구하는 바를 진지하게
받아들여서 거기에 따라서 생활하려고 시도하면 틀림없이
절망에 빠집니다. 하지만 그로부터 주관적인 경험이나 상태
를 너무 객관화시키고 있었음을 알게 되면 거기에서 구원이
생기는 것입니다.

'서간' 에서

"동물이란 대체로 슬픈 것이죠. 그리고 인간도 슬플 때는,
이가 아프다든가 돈을 잃었다든가 하는 따위가 아니라 인생
이란 무엇인가, 모든 것의 진상은 어떤 것인가 하는 것을 잠
깐이라도 느껴서 정말로 슬퍼졌을 때는 그 사람은 어딘지 동
물을 닮아 가는 것이죠. 그리고 그럴 때는 슬픈 얼굴을 하고
있지만 평소보다 훨씬 진실하고 아름답게 보이는 것이죠."

'황야의 이리' 에서

고통

고통이 너를 괴롭히는 것은 단지 네가 그것을 두려워하기
때문이다. 고통이 너를 괴롭히는 것은 그것을 탓하기 때문이
다. 고통이 너를 쫓는 것은 네가 거기에서 도망치려고 하기
때문이다. 너는 도망쳐서는 안 된다. 탓해서도 안 된다. 두려

위해서도 안 된다. 너는 사랑하지 않으면 안 된다. 너는 모든 것을 스스로 알고 있는 것이다. 마음 속으로는 충분히 알고 있는 것이다. 세상에는 단 하나의 마술, 단 하나의 힘, 단 하나의 행복이 있을 뿐이고, 그것은 사랑이라고 불리는 것이라는 사실을. 그렇기 때문에 고통을 사랑하고 고통에 거역하지 말고 고통에서 도피하지 말라. 고통의 밑바닥이 얼마나 감미로운가를 맛보라.

'관찰, 일기에서' 에서

　　모범을 구해서는 안 된다. 모범이 되는 것은 존재하지 않으며, 그것은 네가 자신을 위해서 만들어 내는 것이다. 괴로워하라, 다만 괴로워하면서 술잔을 비워라. 겁쟁이는 운명을 독약처럼 마신다. 그러나 너는 운명을 포도주처럼 마셔야 한다. 그때에 그 맛은 감미롭게 되리라.

'관찰, 일기에서' 에서

　　나는 대체로 영웅적인 것에, 따라서 스토아학파에 대해서도 의혹을 품고 있습니다. 그리고 나 자신의 생활에서는, 극히 드문 예외를 제외하고, 고뇌의 한복판을 지나가는 길이 고통의 세계를 빠져 나가는 지름길이라고 생각하는 태도를 취해 왔습니다. 즉 자신을 고통과 보다 높은 힘에 맡기고, 그것이 어떤 결과가 되는가는 오로지 그것에 일임하고 있었던 것입니다.

'서간' 에서

당신은 당신의 고뇌를, 가령 그것이 아무리 괴로운 것이더라도 모욕으로서, 당신에게 가해진 부정으로서 느껴서는 안 됩니다. 당신이 그 고뇌를 피하기란 어려운 것입니다. 고뇌로부터 어떤 위안이나 어떤 의무 속으로 도망쳐 가려고 해도 헛일이라는 인식에 마음의 눈을 뜨십시오. 오히려 당신의 고뇌를 하나의 영예로서, 당신을 받쳐 주는 하나의 훈장으로서, 보다 높은 인간성으로의 각성으로서 받아들이십시오. 당신은 그 고뇌를 싫어하거나 피하지 말고 인생 그 자체와 마찬가지로 사랑해야 합니다. 그렇게 하면 그것은 전혀 다른 것으로 보이게 될 것입니다.

'서간' 에서

최대의 고통과 최대의 쾌락은 아주 비슷한 표정을 가지고 있다.

'나르치스와 골드문트' 에서

나는 고뇌와 환멸과 우수는 우리를 나태하게 만들고 가치도 품위도 없는 것으로 만들기 위해서 있는 것이 아니라 우리를 성숙시키고 순화시키기 위해서 있는 것임을 이해하기 시작했다.

'향수' 에서

인생 전체를 어떤 문학적 · 심미적인 염세관 따위의 관념으로가 아니라, 육체적이고 구체적으로, 고뇌로서, 고통으로서 느끼는 운명을 짊어진 사람들이 있다. 애석하게도 나도

그 중의 한 사람이지만, 이런 인간은 쾌락보다 고통을 느끼
는 재능이 풍부해서 호흡 · 수면 · 식사 · 소화 같은, 단순한
동물적 기능들까지 만족을 주기보다는 고통이 되고 피로하
게 만든다. 그럼에도 불구하고 자연의 의지에 따라서 인생을
긍정하고, 고통을 시인하며, 절망한 나머지 만사를 포기하는
것은 하지 않겠다는 충동을 마음속에 느끼고 있으므로, 조금
이라도 자기를 기쁘게 하거나 쾌활하게 해 주거나 행복감을
주거나 따뜻하게 해 주는 것에는 무엇이건 이상할 정도로 열
중하게 되고, 보통의 건강하고 정상적인, 근면한 사람들이
부여하지 않은 가치를 그런 것에 부여한다.

'뉘른베르크 기행' 에서

우리는 고뇌나 절망, 삶의 심한 혐오 사이에서 단 한 순간
이라도 견디기 어려운 삶의 의미라는 문제에 대해서 긍정적
인 해답을 들으면, 가령 그것이 다음 순간에는 탁류에 삼켜
져 버린다 해도 우리는 그것으로 만족을 얻고 다시 얼마 동
안 살아간다. 단지 살면서 참고 견딜 뿐만 아니라 삶을 사랑
하고 찬미하는 것이다.

'뉘른베르크 기행' 에서

죽음

우리가 훨씬 많은 호기심을 기울이고 있는 것은 죽음이다.
생존의 최후로서 가장 감연(敢然)한 체험이다. 왜냐하면 모

든 인식과 체험 중에서 우리가 기꺼이 생명을 던질 만한 것
만이 구할 가치가 있는 것이고, 만족을 주는 것이라고 생각
되기 때문이다.

'관찰, 여수'에서

　나는 피안(彼岸)을 믿지 않는다. 피안이라는 것은 존재하
지 않는다. 마른 나무는 영원히 죽고, 얼어죽은 새는 다시는
살아나지 않는다. 인간도 죽으면 마찬가지이다. 그가 사라
지더라도 얼마 동안은 그에 대해서 얘기하겠지. 그러나 그
것도 오래 가지는 않는다. 지금 내가 죽음에 흥미를 가지는
것은 어머니 곁으로 돌아가고 있다는 것이 언제나 변하지
않는 나의 신앙 혹은 꿈이기 때문이다. 죽음은 커다란 행복
이리라, 첫사랑의 성취와 같을 정도로 커다란 행복이리라,
하고 나는 생각하고 있다. 나를 맡아서 무와 순결 속으로 이
끄는 것은 낫을 쥔 죽음이 아니라 어머니라는 생각을 떨쳐
버릴 수 없다.

'나르치스와 골드문트'에서

　분명히 완성된 사람은 있었다. 신인(神人)이라고 불리는
사람은 있었다. 부처가 있었고 예수가 있었고 소크라테스가
있었다. 그러나 그들로서도 완성되어 전지(全知)로 속속들
이 채워진 것은 단 한 순간뿐, 죽음의 순간뿐이었다. 그들의
죽음은 지(知)의 마지막 침투, 마지막 헌신의 성공에 지나지
않았다. 그리고 어쩌면 임종하는 사람은 모두 자기를 완성시

킨 것이며, 죽음의 방황을 버리고 자신을 바쳐서 이젠 어떻
게도 다르게 되기를 원하지 않는 것일지도 모른다.

'꿈꾼 후' 에서

무상

내 생명의 나무에서
잎이 진다, 한 잎 또 한 잎.
오오, 화려한 세계여
얼마나 너는 포만하게 만드는 것이냐.
얼마나 포만하게 만들어 피로하게 하는 것이냐.
얼마나 너는 도연하게 하는 것이냐.
하지만 오늘 불타서 빛나고 있는 것도
머지않아 가라앉아 꺼진다.
머지않아 나의 갈색 무덤 위에서
살랑살랑 바람이 속삭인다.

어린아이 위에
어머니가 몸을 구부린다.
어머니의 눈을 다시 한 번 보고 싶다.
어머니의 눈길은 나의 별이다.
다른 것은 모두 바람에 날려가 버려라.
일체는 죽는 거다, 일체는 기꺼이 죽는 거다.
다만 우리가 그 태내에서 태어난,
영원한 어머니만이 남는 거다.
어머니의 희롱하는 손가락이
허공에 우리들의 이름을 기록하는 거다.

내 형제인 죽음
나에게도 언젠가 너는 온다.
너는 나를 잊을 턱이 없다.
그리고 괴로움은 끝나고
그리고 사슬은 끊긴다.

형제인 죽음이여
지금은 아직 네 모습이 멀리서 서먹서먹하게
차가운 별처럼
나의 괴로움을 내려다보고 있다.

그러나 언젠가 너는 다가오겠지.
그리고 불꽃으로 가득 차겠지.
와 다오, 사랑하는 것이여, 나는 여기에 있다.
나를 사로잡아 다오, 나는 너의 것이다.

"만약 이 외로움이 가벼워진다면 나는 웃을 수도 있겠지
요. 내 경우, 죽을 보람이 있으니까요. 죽으면 이 꼽추의 혹
과 짧은 다리와 움직이지 않는 혀와 작별할 수 있는 겁니
다. 당신의 경우, 그건 틀림없이 슬픈 일이겠지만. 당신은
그처럼 넓은 어깨와 늘씬하고 건강한 다리를 가지고 계시
니까요."

'향수' 에서

"쉬운 일은 아니에요. 아무리 괴로운 것이라도 죽음만큼 괴롭지는 않아요. 하지만 그것도 그럭저럭 뚫고 나가는 것이지요."

'향수' 에서

"만약 당신이 어떤 이상이나 선을 위해 싸워서 꼭 그 목적을 이루겠다고 생각하고 있다면 그건 훨씬 더 어리석은 것이지요. 도대체 이상이란 거기에 도달하기 위해 존재하는 것일까요? 인간은 죽음을 제거하기 위해 살고 있는 것일까요? 아니죠. 우리가 살고 있는 것은 죽음을 두려워하고, 그러다가는 죽음을 사랑하게 되기 위해서예요. 그리고 죽음이 있기 때문에 아주 잠깐일지라도 생활은 가끔 아름답게 빛나기도 하는 거지요."

'황야의 이리' 에서

교훈
내 아들이여, 사람에 따라 다르긴 하지만,
인간의 말은 결국 거짓인 거다.
성대적으로 우리가 가장 정직한 때는
포대기에 싸여 있을 때와 무덤으로 들어갈 때이다.
무덤에 들어가면 조상님의 곁에 누워
겨우 영리해지고 머리가 차게 맑아져서
흰 뼈로 진리를 톡톡 두들기는 거다.
다만 다시 거짓말을 해서 살아나고 싶어하는 자도 있지만.

나는 갑자기 죽음은 정확한 시간을 알고 있고, 우리는 그
것을 신뢰하고 기다릴 수 있는, 현명하고 선량한 형제임을
깨달았다.

'향수'에서

죽음에 몸을 맡기는 것을 너도 배워라,
죽는다는 것은 성스러운 지식이다.
죽음에 대비하라 —— 그렇게 하면 죽음이 닥쳐와도
너는 높여진 삶으로 들어갈 수 있으리라.

'시집, 11월'에서

새로운 삶을 원하는 자는 죽을 용의가 있어야 한다.

'이야기 모음, 내면과 외면'에서

죽음은 어디에도 있지 않다.
죽음은 모든 길 위에 있다.
우리가 삶을 배반하자마자
죽음은 그대 속에도, 내 속에도 있다.

'시집 ,늙어가면서'에서

질병
잘 와 주었다, 밤이여. 잘 와 주었다, 별이여.
나는 잠을 갈망하고 있다.
이제 한시도 깨어 있을 수 없다.
생각하지도, 울지도 웃지도 못한다.

그저 다만 잠들고 싶을 뿐이다.
백년이라도 천년이라도 잠들어 있고
잠든 내 위에서 별이 뜨고 지는 거다.
어머니는 알고 있다 —— 내가 얼마나 지쳐 있는가를.
미소지으면서 몸을 굽히는 어머니 머리카락 속에서 별이
빛난다.

어머니, 다시는 날이 새지 않게 해 주십시오.
다시는 내게 낮을 보내지 말아 주십시오.
그 흰 빛이 얼마나 심술궂고 적의에 차 있는가를
나는 말할 수 없습니다.
몹시 길고 더운 길을 나는 걸어왔습니다.
나의 심장은 완전히 타 버리고 말았습니다.
열어 주오, 밤이여, 나를 죽음의 나라로 데려가 주오.
그 밖에 딴 소망은 없습니다.
이제 한 걸음도 더 걸을 수 없습니다.
어머니인 죽음이여, 내게 손을 내밀어 주십시오.
당신의 영원한 눈에 들게 해주십시오.

목표를 향해
연중 지향도 없이 걸어서 왔다.
한 번이라도 휴식을 취할 생각은 들지 않았다.
나의 길은 끝이 없는 것처럼 생각되었다.

이제 겨우 알았다.

나는 그저 빙글빙글 같은 곳을 돌고 있었을 뿐이다.

그러자 여행에 싫증이 났다.

그날이 생애의 전기였다.

망설이면서 나는 지금 목표로 향한다.

나는 알고 있기 때문이다.

어느 길을 걸어도 죽음이 양손을 내밀고 서 있다는 것을.

자살

그는 몸을 던졌던 것이다. 물 속으로, 죽음 속으로 몸을 던진 것은 필연적인 것이 아니었을지도 모른다. 마찬가지로 삶 속으로 몸을 던질 수도 있었겠지. 그러나 삶이냐 죽음이냐 하는 것은 대수로운 것이 아니다. 중요한 것은 그것이 아니다. 그가 산다면, 다시 이 세계로 온다면, 그때는 이미 자살을 필요로 하지 않으리라. 고달픈 우행을 어느 하나도 필요로 하지 않으리라. 왜냐하면 그는 불안을 극복해 버렸을 테니까.

'클라인과 바그너' 에서

자살이라는 것은 그 행위가 완성되어야 비로소 감상적이 아니게 되는 것입니다.

'서간' 에서

나에게 있어서 자살자는 어두운 느낌은 있어도 평생 존경
할 만한, 동감을 느낄 수 있는 뛰어난 사람처럼 생각되었다.
'서간'에서

　내 생각에는, 만약 어떤 사람에게 있어서 자살이 그 성
질·교육·운명 등으로 인해 불가능하고 금지되어 있다면,
가령 어쩌다가 상상이 그를 이 도피처로 유혹한다 할지라도
그것을 실행할 수 없을 것 같다. 그것은 금지된 채 있으리라.
그렇지 않고 어떤 사람이 자기로서는 견디지 못하게 된 생명
을 결연히 포기하려 한다면, 다른 사람이 자연사할 권리를
가지고 있는 것과 마찬가지로 그 사람은 자살할 권리를 가지
고 있다고 생각한다. 실제로 자살한 대부분의 사람의 경우,
나는 이 사람들의 죽음을 다른 많은 사람들의 죽음보다 더욱
자연스러운, 더욱 의미심장한 것으로 느꼈던 것이다.
'서간'에서

　형이상학적으로 관찰하면 자살자란 개개의 존재는 죄가
된다는 관념에 사로잡혀 있는 자이다. 즉 인생의 목적은 자
기 완성이 아니라 자기를 해체해서 어머니에게로, 신에게로,
전체에게로 복귀하는 것이라고 생각하는 사람인 것이다. 이
런 사람 중에는 자살이 최악이라는 것을 깊이 인지하고 있기
때문에 실제로 자살을 행할 수 없는 자가 많이 있다. 그럼에
도 불구하고 우리가 그들을 역시 자살자라고 말하는 것은,
그들이 삶에서 구원을 찾지 않고 죽음에서 그것을 찾기 때문

삶과 죽음　175

이며, 언제라도 기꺼이 자아를 포기하고 해체해서 태초로 복
귀하려고 하고 있기 때문이다.

'황야의 이리'에서

   그 생각이 옳고 그름은 어쨌든 간에, 자살자는 자기를 오
직 위험하고 불안한, 애매한 자연의 하나의 싹이라고 생각하
고, 언제나 자기가 심하게 위험에 노출되어 있는 듯이 생각
한다. 마치 자기가 심연 속으로 떨어지려면 밖에서 약간 밀
거나 혹은 자기 내부에 극히 약간의 약한 마음만 싹트면 충
분하다는 듯이, 새끼손가락만큼이나 좁은 바위 위에 서 있기
나 한 듯이 생각하고 있다. 이런 인간의 운명선의 특징은 자
살이 그들에게 있어서, 적어도 그들 자신의 공상 속에서는
가장 개연성이 큰 죽음의 방법이라고 하는 것이다.

'황야의 이리'에서

   그는 자살자의 한 사람이었다. 여기서 말해 두지 않으면
안 될 것은 실제로 자살하는 자만을 자살자라고 부르는 것은
잘못이라는 것이다. 그런 사람 중에는 말하자면 충동적으로
자살하는 자도 많은데, 그들은 참된 의미에선 자살자에 속하
지 않는다. 개성과 강한 특징과 힘센 운명을 갖지 않은 사람
들, 즉 흔해빠진, 평범하기 짝이 없는 사람들 중에는 자살은
하지만 그 총체적인 특징과 성격에 있어서는 결코 자살자의
유형에 속하지 않는 사람들이 많다. 그런데 한편으로는 본질
적으로 자살자라고 할 만한 사람이면서도 사실은 결코 스스

로 자살을 실행하지 않은 사람도 아주 많다. 아마 그 대부분
이 그런 사람이리라.

'황야의 이리'에서

안개 속에서
이상하다, 안개 속을 헤매는 것은.
온갖 나무숲과 돌은 고독하다.
어떤 나무도 다른 나무를 모른다.
모두가 다 혼자다.

세계는 내겐 벗으로 가득 차 있었다,
내 삶이 아직 밝았을 때에는.
그런데 이제 안개가 내리니
아무도 보이지 않는구나.

아무도 현명하지 않다,
어둠을 모르는 자는.
도망칠 수도 없이 살며시
모든 것을 가려 버리는 어둠을.

이상하다, 안개 속을 헤매는 것은.
삶은 고독한 것이다.
어떤 사람도 다른 사람을 모른다.
모두가 다 혼자다.

문화와 정치

문화

인간이 만드는 모든 형식, 즉 문화·문명·질서 등은 무엇을 허락하고 무엇을 금할 것인가에 관한 협정에 기초를 두고 있다. 동물과 먼 장래의 미래인과의 중간에 위치하는 우리 인간은 공동 사회에 있어서의 한몫을 담당하는 인간의 무리로서 사회성을 가질 수 있으려면, 끝없이 많은 억압과 은폐와 극기(克己)를 견뎌 내지 않으면 안 된다. 인간은 동물성, 즉 길들일 수 없는 원시적 수성(獸性)의 잔혹한 이기심으로 충만되어 있다. 이들 모든 충동은 항상 존재하는 것이지만 문화·협정·문명이 그것을 은폐하므로 인간은 그것을 밖으로 나타내지 않는 것이다.

'관찰, 카라마조프의 형제'에서

고대 문화, 즉 유럽 문화에 있어서 저 최초의 휘황한 발자취는 네로에 의해 소멸된 것은 아니며, 스파르타나 게르만 민족에 의해 소멸된 것도 아니다. '다만' 아시아에서 전래해

온 저 사상의 맹아(盲兒). 저 단순하고도 오랜, 소박한 사상,
예로부터 존재하고 있었으나 당시에는 예수의 교의(敎義)라
는 형태를 취하고 있던 사상에 의해 소멸된 것이다.

'관찰, 카라마조프의 형제' 에서

우리가 문화 · 영혼 · 정신 · 미(美) · 성(聖)이라고 부르는
것은 다만 망령에 지나지 않으며, 오랜 옛날에 사멸한 것을
우리들 소수의 어리석은 자들만이 진실이며 살아 있는 것으
로 생각하는 것은 아닐까?

'황야의 이리' 에서

우리가 아직 초등학교의 학생이었거나 학교를 갓 나온 젊
은이였을 무렵에는 '세계사' 라는 말은 무언가 눈부시고 커다
란 희망으로 충만한 여운을 갖고 있지 않았던가. 우리 소년들
은 얼마나 빈번하게 책이나 그림만으로 알아 온 이 멋진 세계
사를 체험하며 함께 창조하려고 동경해 왔던가. 그런데, 아,
그런 것을 동경하는 사람은 이제 우리들 속에는 한 사람도 없
다. 우리는 누구나 실제의 세계사가 학교의 교과서나 그림이
들어 있는 호화 장정본에 쓰여 있는 것과는 다르다는 사실,
그것이 위대한 행위로 장식된 진주목걸이가 아니라 엄청난
고뇌의 대하 · 대양이라는 쓰디쓴 인식을 하게 된 것이다.

'1946년 연두의 말' 에서

세계사라는 것도 인생이나 인간사 일반과 조금도 다를 것
이 없다. 세계사 중에서 사람들이 가장 주의를 기울이지 않

왔던 시기가 가장 아름다운 시대였음을 알게 되는 것처럼
개인의 생활에 있어서도 우리는 점차 폭풍의 시대보다는 조
용한 조화의 시대를 택하도록 배웠다. 그 동안 우리가 측정
하고 평가하는 척도는 어떤 철학의 척도가 아니라 개인의
행복이라는 간단한 척도이다. 그것은 영웅적인 것은 아니
며, 평범하기는 해도 일단은 척도이며, 적어도 그것은 정직
한 것이다.

'1946년 연두의 말'에서

　나는 인류가 오늘날의 상태를 초래한 것은 두 개의 정신병
때문이라고 생각한다. 즉 그것은 기술의 과대망상과 내셔널
리즘의 과대망상이다. 이 두 가지가 오늘의 세계의 편모(片
貌)와 자의식을 만들어 낸 두 차례의 세계대전과 그 영향을
우리에게 보낸 것이다. 이런 망상이 진정되기까지는 다시 몇
번의 비슷한 소란이 야기되어야 할 것인가.

'감사와 도덕적 모럴'에서

　나와 로망 롤랑이 공통된 것, 그리하여 우리 두 사람을 독
일 청년들과 격리시키는 것은 우리가 온갖 내셔널리즘에 등
을 돌리고 있다는 사실입니다. 우리는 내셔널리즘이 시대에
뒤떨어진 센티멘털리즘, 현재에 있어서 세계 최대의 위협이
라는 것을 전쟁이 한창인 때부터 알고 있었습니다. 청년들
중 4분의 3이 히틀러와, 어리석음이 극도에 달한 그의 문구
에 심취하고 있는 나라에서는 직접 활동할 길이 우리에게는
거의 폐쇄되어 있습니다. 이런 점에서는 때가 좀 변화를 보

여 줄지도 모르겠습니다만. 롤랑이 그의 반내셔널리즘을 특히 자국의 프랑스인들을 향해 주장하고 있듯이, 나도 현재 독일의 내셔널리즘의 몰골에는 혐오와 적의를 느끼고 있습니다. 모든 전쟁의 책임을 속이는 것, 독일의 현상에 대한 일체의 책임을 적과 베르사이유에 전가시키는 것이, 내 생각으로는, 독일에 정치적 우매·허위·미숙의 분위기를 조성시켜 장차 또다시 전쟁을 유발시킬지도 모릅니다.

'서간, 1932년' 에서

　빈사(瀕死)의 중병에 시달리는 우리 유럽은 지도적인, 행동적인 역할을 완전히 체념한 뒤, 자칫하면 다시 한 번 높은 가치를 지닌 개념이, 조용한 연못, 고귀한 회상의 보고가, 영혼의 피난처가 될지도 모른다. 나와 나의 벗이 이제까지 '동양'이라는 마술적인 말을 써 온 의미에 있어서.

'감사와 도덕적 고찰' 에서

　나는 오직 하나만을 믿고 있다. 그것은 몰락이다. 우리들은 차를 타고 심연 위를 간다. 말은 비틀거린다. 우리들은 몰락의 바로 한가운데에 있다. 우리들은 죽어야만 한다. 다시 태어나지 않으면 안 된다. 위대한 전환기가 온 것이다. 어디를 보나 같은 것뿐이다. 대전쟁, 미술의 대변화, 서구 제국의 대붕괴, 우리의 오랜 유럽에서는 우리에게 있어서 선이며 우리 자신의 것이었던 것이 모두 사멸해 버렸다. 우리들은 몰락한다.

'클링소르의 마지막 여름' 에서

언젠가 모두가 모차르트 시대의 분장을 하고 웅성거리던 아름다운 축연에서 내 애인이 갑자기 눈에 눈물을 머금었다. 깜짝 놀라 그 이유를 물은즉, 그녀는 "왜 오늘은 한결같이 저렇게 추해야만 하죠?" 하고 대꾸했다. 그때 나는 이렇게 말하며 그녀를 위로했다. 이전 시대의 사람들의 생활과 비교해 보면 오늘날은 자유롭게, 풍요하게, 위대하게 되었다. 옛날에는 이 아름다운 가발 속에 이가 들끓고, 거울이나 촛대의 화려함의 배후에는 억압당한 대중이 굶주리고 있었다. 그래서 우리가 이전 시대의 가장 아름다운 것만을, 그 시대의 명랑한, 화려한 측면의 추억만을 지금 지니고 있는 것은 좋은 일이라고. 그렇더라도 우리들은 언제나 그렇게 이성적인 사고 방법만을 가졌다고 생각할 수는 없는 일이다.

'요양객'에서

새로운 문화가 가능하기 위해서는 그에 앞서 근대 국가와 신(神), 정신에서 떠난 근대인의 메커니즘이 붕괴하고, 전쟁에 혈로(血路)를 열든지 해서 괴멸되지 않으면 안 된다.

'서간'에서

나는 투쟁이나 행동, 반항을 전혀 지지하지 않습니다. 세계를 변혁시키려는 모든 의지는 전쟁과 폭력으로 이끈다고 생각하기 때문입니다. 따라서 어떤 반대에도 가세할 수가 없습니다. 나는 간단히 명확한 사고 방식을 시인할 수 없으며, 지상의 부정과 사악을 제거할 수 있다고는 생각하지 않습니다. 우리가 변화시킬 수 있는 것, 그리고 변화시켜야만 하는

것은 우리들 자신입니다. 우리들의 성급함, 이기주의(정신적
인 것도), 쉽사리 등을 돌리는 것, 사랑과 관용의 결여 등입
니다. 그 이외의 일체의 세계 개혁은, 가령 아무리 선의에서
출발한다고 해도 무익하다고 생각합니다.

'서간'에서

　지난날 세계가 어떤 사람에 의해 개혁된 적이 있다고 한다
면, 즉 세계가 보다 생명에 넘치는 것으로, 보다 즐겁고 보다
모험이 충만한 것으로, 보다 유쾌한 것으로 만들어졌다면,
그것은 개혁자에 의해서 그렇게 된 것이 아니라 실은 이기심
을 추구하는 사람들에 의해 그렇게 된 것이다. 그들은 그 외
에 아무런 목표도 목적도 찾지 못한, 살아가는 것과 자기 자
신이라는 사실에 만족을 찾아내는, 진실로, 참으로 이기심을
추구하는 사람들이었던 것이다.

'차라투스트라의 복귀'에서

정치

　정치 속에 인간성과 도덕을 끌어들이는 것은 전 세계가 열
망하는 일이지만, 그것이 도대체 어떤 방법으로 달성될 수
있느냐 하는 단계에 이르면, 우리들은 아직 알 수가 없습니
다. 우선 어딘가 높은 정치적 권력가에게 조금 인간다운 얼
굴과 마음이 보이기만 한다면 그것만으로도 두려움에 지친
세계는 기쁨을 느끼며 희망을 가지게 될 것입니다.

'서간'에서

오늘날 세계에는 인간에 대한 색다른 요구가 있어서 당파나 국가나 세계의 도덕 교사들이 그것을 선전하고 있습니다. 이에 의하면 사람은 자기 자신을 버리고 인간이 개인적인, 일회적인 것이라는 사고 방식을 완전히 포기하고, 미래의 규범적인 이상의 인간성에 적응할 수 있도록, 즉 기계 속의 작은 톱니바퀴로, 수백만의 완전히 모양이 같은 건축 재료의 하나가 되어야 한다는 것입니다. 나는 이 요구의 도덕적인 가치를 부인할 생각은 없습니다. 그것은 영웅적인 웅대한 측면을 가지고 있습니다. 그러나 나는 그것을 믿지 않습니다. 통제는, 설령 선의로서 이루어진다 해도 자연에 거역하는 것이며, 그것은 밝은 평화로 이끄는 것이 아니라 광신과 전쟁으로 이끄는 것입니다. 요컨대 그것은 승려적인 요구입니다.

'서간'에서

보통 사람들보다 조금은 더 눈을 뜬 우리는, 테러리즘은 어떤 형태의 것이든 증오하며, 인간에 폭력을 가하는 것은 어떤 것이든 혐오합니다. 그렇더라도 우리는 히틀러와 스탈린을, 파시즘과 코뮤니즘을 같은 병 속에 넣어서는 안 됩니다. 파시즘은 역행적이고 무용하며, 우열(愚劣)하고 천박한 시도입니다만, 코뮤니즘은 인류가 하지 많으면 안 되었던 시도이며, 슬프게도 언제까지나 비인간적인 곳에서 헤매고는 있으나, 어리석은 '프롤레타리아트' 독재를 실현시키기 위해서가 아니라 부르주아지와 프롤레타리아트 사이에 정의와 친선을 실현하기 위해서 반복해야만 할 것입니다. 이것은 파시즘과 코뮤니즘의 활동 방법이 유사하기 때문에 간과하기 쉽습니다만, 그것을 잊어버리는 건 허락할 수 없는 일입니다.

'서간'에서

지도자를 필요로 하는 자는 자신이 책임을 진다는 것도, 자기 스스로 생각한다는 것도 바라지 않는 자다.

'서간'에서

나는 누구에게나 다 어떤 당파에 소속되어서는 안 된다고 말하지는 않습니다만, 너무 젊을 때부터 당을 만들게 되면 친구들에게 둘러싸여 있다는 마음 편함과는 반대로 자기의 판단을 파는 위험을 범하게 됩니다.

'서간'에서

내 경험으로는 인간에게 있어 가장 커다란, 가장 위험한 적은 자신이 스스로 생각하는 노고를 줄이고 안심하고 싶다고 바란 나머지 집단으로, 종교적인 것이든 정치적인 것이든 절대로 소홀히 할 수 없는 교의를 가진 공동체로 내달리려는 충동입니다. 오늘날과 같이 절망적인 시대에는 자신의 직분에 지친 나머지 주의(主義)를 바꾸고 교회로, 정당으로, 가톨릭으로 혹은 공산주의로 도피하는 노지식인의 모습을 많이 보게 됩니다.

'서간'에서

우리 젊은 친구의 대부분, 그리고 유감스럽게도 우리 연배 사람들의 상당수도 역시 로마 교회의 것이든 루터 교회의 것이든, 공산주의의 것이든, 아무튼 무언가의 통제 밑으로 들어가려 하고 있습니다. 헤아릴 수 없을 정도로 많은 사람들이 이미 이 통제를 받아들여 자기를 포기해 버렸습니다. 옛날의 동료가 교회나 다른 집단으로 전향할 때마다, 너무나 지치고 절망적이 되어 자기에 대해 책임을 지는 독행자(獨行者)로 있을 수 없게 된 동료가 탈락해 갈 때마다 우리 같은 사람들에게는 세계는 점점 빈곤해지고 계속해서 사는 것이 어려워지게 됩니다.

'서간'에서

아무리 용맹스러운 사람이라도 용기를 잃을 때가 있습니다. 그렇게 되면 어느 정당의 강령이나 일신의 안전과 보장을 요구하게 됩니다. 용기는 이성을 필요로 하지만, 그러나 그것은 이성의 산물은 아닙니다. 용기는 훨씬 깊은 곳에서 나오는 것입니다.

'서간'에서

예술에서, 자연에서 혹은 학문에서 질(質)에 대한 감각이 생겨나고 질에 봉사하는 것이 임무가 된 우리들은 양(量)에 봉사하고 서구적인 방식이든 동양적인 방식이든 결코 인간 문제를 수학 문제처럼 해석하는 오류를 달가워 할 수 없습니다. 우리는 우리가 실제로 믿는 여러 가치에 봉사해야 합니다. 비록 그 가치를 받드는 것이 좁은 범위에서, 즉 자기 자신의 생활 속에서나 작은 협동체 속에서만 가능하다 할지라도 그 이외의 것에 봉사해서는 안 됩니다. 우리는 차 바퀴에 깔려서 사라지더라도 이것을 사양해서는 안 됩니다.

'서간' 에서

나는 예술가로서 세계를 보고 있습니다. 그러므로 민주적인 사고 방식을 가지고 있다고 생각합니다만, 느끼는 방식은 완전히 귀족적입니다. 어떤 종류의 것이든 질은 사랑할 수 있지만 양은 사랑할 수 없기 때문입니다.

'서간' 에서

사회의 역사에서는 언제나 그 사회의 귀족을 형성하려는 시도가 있었다. 사회 역사의 선봉이며, 그 관(冠)이기도 한 어떤 종류의 귀족 정치, 최량자(最良者)의 지배는 사회 형성의 모든 시도가 가지는 본래의 목표이며 이상이다.

'유리알 유희' 에서

나는 평생 개인과 개성의 옹호자였다. 그러므로 개인에 봉사할 수 있는 일반 법칙이나 처방이 있다고는 생각하지 않는다. 그러기는커녕 법칙이나 처방 같은 것은 개인을 위한 것이 아니라 다수자를 위해, 대중이나 국민이나 집단을 위해서 존재하는 것이다. 참된 개성을 가지는 것은 이 세상에서는 괴로운 경우가 많지만, 또한 즐겁기도 하다. 그들은 군중의 비호는 받지 못하지만 자기의 상상력의 기쁨을 맛본다. 그리하여 청년기를 보내면 더없이 무거운 책임을 지지 않으면 안 된다.

'서간' 에서

'인식', 즉 정신의 각성이 성서에 의해 죄로 표현되고 있는 것처럼(낙원의 뱀으로 상징되어) 군집에서 개인으로 개개의 인간이 길을 뚫어 여는 것, 이것은 항상 도덕과 관습으로부터 불신의 시선을 받고 있습니다. 젊은 사람과 가족 사이의, 아버지와 아들 사이의 알력이란 예로부터 당연한 일임에도 불구하고 어떤 아버지도 새삼스럽게 이를 전대미문의 반역이라고 느끼는 것과 같습니다.

'서간'에서

나도 옛날에는 젊었습니다. 그래서 나에게도 '투쟁'이라는 말은 마음을 설레게 하는 고귀한 반향을 가지고 있었습니다. 그러나 투쟁이 나에게 조금도 매력을 주지 못하게 되면서 비전투적인 모든 것, 고귀한 번민을 가지고 있는 모든 것, 조용하고 탁월한 모든 것을 좋아하게 되었습니다. 이렇게 해서 나는 투쟁에서 인내에의 길을, 결코 소극적이기만 한 것이 아닌 인내의 개념을, 공자에서 소크라테스와 예수에 이르기까지 언제나 한결같은 덕의 개념을 찾아 낸 것입니다.

'서간'에서

서양인, 특히 그 중에서 가장 우매하고 가장 야만스러우며 가장 투쟁적인 형은 '파우스트적 인간(즉 그 열등감에서 호언장담하며 덕성을 만들어 낸 저 독일인)'인데, 그 서양인은 투쟁을 이를 데 없이 사랑하고 찬미합니다. 서로 물고 늘어지는 것이 그들에게 있어서는 미덕인 것입니다.

'서간'에서

소위 유럽이라는 이상조차도 나의 이상일 수는 없습니다.
사람들이 서로 살상하고 있는 한 유럽의 지도(指導)에 의해
행해지는 어떤 인간 분류도 나에게는 신용할 수 없는 것입니
다. 나는 유럽을 신뢰하지 않습니다. 인류만을 신뢰합니다.
그것은 지상에 있어서의 혼의 왕국입니다. 그러하여 모든 나
라의 사람들이 참여하고 있고 그 가장 고귀한 구현을 우리가
아시아에 맡기고 있는 지상의 정신의 나라만을 믿습니다.

'헤세-롤랑 왕복 서간'에서

심각한 비참과 공포의 시대가 도래할지도 모른다. 그러나
비참 속에서도 행복을 찾으려 한다면, 그것은 정신적인 행복
이외에는 있을 수 없다. 즉 뒤를 향해서는 전시대의 교양을
찾고, 앞을 향해서는 보통 같으면 전혀 물질주의의 자리로
돌리고 말지도 모를 시대 속에서 끈기 있게도 화사한 정신을
주장하는 행복이다.

'유리알 유희'에서

현대

현대의 특징은 카오스다. '서구의 몰락'은 사실상 일어나
고 있다. 그것은 사멸해 가는 세계에 속하는 것이 아닌 한,
각자가 자신 속에 카오스를, 이미 선악 · 미추 · 명암의 구별
도 알지 못하는, 법전(法典)의 통제하에는 없는 세계를 가지
고 있는 셈이다. 새로이 선악 · 명암을 구별하고 새로이 그

영역을 정하는 것은 오늘날에 있어서는 각 개인의 책무이다.
그러므로 오늘날의 예술과 문학에는 이르는 곳마다 다시금
카오스와 데미우르크가 얼굴을 내밀고 있다. 카오스는 새로
운 질서에 포함되기 전에 일단 그 존재가 인정되고 실제로
경험되지 않으면 안 되기 때문이다.

'관찰, 장 바울에 대하여' 에서

　오늘날에는 눈을 뜨고 있는 자는 모두 절망 속에서 살고
있습니다. 그리하여 이런 상태로 신과 무 사이에 놓여져 있
습니다. 신과 무 사이에서 우리들은 숨을 내쉬고 들이쉬며
추처럼 동요하고 있습니다. 우리들은 매일 목숨을 내던지고
싶은 기분이 되지만, 겨우 우리들 속에 있는 개인과 시대를
초월한 그 무엇에 의해 지탱되고 있습니다. 이런 우리들의
취약성 때문에 우리들은 영웅이 될 수는 없습니다만, 용감해
지기 위해서 전대(前代)로부터 물려받은 신념이라는 재산의
단 일부분이나마를 구해 내는 것입니다.

'서간' 에서

　정말 '오늘의 생활' 은 공장에, 주식거래소에, 도박장에,
대도시의 바나 댄스홀에 있는 것일까? 그 생활은 정말로 '바
가바드 기타' 나 고적의 대사원을 만든 사람들의 생활보다도
더 좋고 더 성숙하고 더 현명하고 더 바람직한 것일까? 물론
오늘만의 생활이나 오늘날의 유행에는 당연한 권리가 있다.
그것은 좋은 것이며, 새로운 것으로의 변화며 시도이다. 그
러나 예수 그리스도에서 슈베르트, 혹은 코로(Corot, 프랑스

의 풍경화가)에 이르는 모든 재래의 우매하며 누추한 모든 것
을 극복하여 웃어 넘겨야 할 것이라고 생각하는 것이 정말로
옳고, 그리고 필요한 일일까? 자신에 앞선 모든 사물에 대한
새로운 세대의 이 격렬하고 거칠고 병적인 증오는 정말로 새
로운 시대의 강도를 증명하는 것일까? 이처럼 지나친 방위
조치를 취하는 것은 엄청나게 위협받고 있는 자, 불안을 느
끼고 있는 자가 아닐까?

'어느 일하는 밤' 에서

현대의 인간은, 독일인일지라도 누구든 뜻대로 되지 않으
면 언제나 그 죄를 남에게서 찾는 나쁜 기술을 몸에 익히고
말았다.

'관찰, 한 독일 청년에게 보내는 편지' 에서

독일은 세계대전과 유럽의 현상에 대해 자기에게도 중대
한 책임이 있음을 인정하고(그럼으로써 적에게도 무거운 책임
이 있다는 것을 부정하는 것은 아닙니다만) 스스로 도덕적 정화
와 양심의 혁신을 기도하는 데 태만했습니다. 독일은 세계와
자기 자신에 대한 온갖 죄를 얼버무리기 위해 가혹하고 부당
한 평화조약을 이용했습니다. 자신의 잘못과 죄가 어디에 있
는지를 살펴보고 그것을 고치는 대신 1914년 당시와 똑같이
자기들이 받아들인 부당한 천민적 상태를 선전하고 온갖 악
에의 책임을 혹은 프랑스인에게 혹은 공산당원에게 혹은 유
대인에게 전가하고 있는 것입니다.

'서간' 에서

개구쟁이가 다른 아이들도 마찬가지로 개구쟁이라는 이유
로 벌을 받지 않으려고 떼를 쓸 때, 우리는 웃으면서 즉각 대
꾸를 준비한다. 그런데 그 개구쟁이와 똑같이 우리 독일인은
비참한 전쟁 중에도 우리의 적이 우리보다 조금도 나은 것이
없다고 계속 주장했었다.

'사랑의 길'에서

자기 자신을 사랑하고 자기의 적을 증오할 수 있는 소박한
인간은 행복하다. 조국의 비참함이나 불행에 대해 자신에게
는 아무런 책임도 없으며, 책임은 응당 프랑스인이나 러시아
인이나 유대인이나 다른 그 누구의 것이라고, 언제나 타인에
게, '적'에게 있는 것이라고 생각하고 단 한 번도 자신을 의
심할 필요가 없는 저 애국자들은 행복하다.

'요양객'에서

우리는 지금도 오직 역사의 진정한 숨결이며 신적인 것의
번뜩임이라고 생각되는 것만을 인정하며 진정으로 그것과만
더불어 살고 싶어한다. 우리의 적이었던 황제에 대해서도 만
일 위대한, 진정으로 황제다운 모습으로 퇴위하기라도 했다
면 우리는 깊은 동정을 기울였을까? 또한 더없이 광적이고
맹목적인 조국애와 황제 숭배에 사로잡혀 목숨을 버린 젊은
병사가 그를 바보 같은 놈이라고 욕한, 가장 현명한 민주주
의의 웅변가보다도 우리에게는 훨씬 좋고 또한 중요하다. 우
리에게는 민주국가이든 군주국가이든 연방국가이든 그 어느

쪽이나 마찬가지이다. 우리는 '어떠한가?' 하고 묻지 '무엇인가?' 는 문제시하지 않기 때문이다.

'세계사' 에서

　우리는 두 종류의 인간이 있음을 알고 있으며 애당초 그것에 의해 인간을 판단한다. 즉 자신의 주의 주장을 가지고 살아가려는 사람들과, 자신의 주의 주장을 포켓 속에만 넣어 가지고 다니는 사람들이다. 시세(時勢)의 변전에 조금도 꺾이지 않고 기사적(騎士的)인 꿈을 품고 기념비 아래서 자살하는 독일 황제에 충성을 바치는 사람들, 그것을 결코 모범적이라고는 생각하지 않으나, 그러나 우리는 그렇게 말하는 사람을 사랑하며 그 기분을 이해한다. 한편 어제까지는 아직 고풍스런 애국적 언사를 토하다가도 오늘은 벌써 혁명적인 대화를 입에 올리는 현명한 인간을 경멸한다.

'세계사' 에서

　우리는 항상 인간의 마음 속에서 이루어지는 것만이 '위대하다' 고 생각한다. 황제 신앙에서 민주주의 신앙에로의 전향은 오직 기치(旗幟)를 바꾸는 것이라고밖에 생각지 않는다. 많은 사람들에게 있어 이 전향이 기치를 바꾸는 것 이상의 일이라면 다행이다.

'세계사' 에서

독일에서는 위대한 사상가가 국민에게 직접 영향을 미치기는 어려운 것처럼 생각된다. 그것은 이 국민이 가지는 숙명의 하나이다.

'앙겔스 실레지우스'에서

나는 물론 독일의 정치에 대해서는 훨씬 전부터 그다지 마음을 기울여 걱정하고 있지는 않습니다. 나는 제1차 세계대전 중에 깨달음을 체험하고, 그것에서 여러 가지 결론을 이끌어 냈습니다. 그 이래로 중립적인 외국인으로서 독일의 운명을 보고 있는 데 지나지 않습니다. 내가 충분한 근거가 있어서 적극적으로 관여하거나 편을 드는 것에서 멀리 떨어져 있는 것은 독일이 나에게 있어 무관심한, 인연이 멀어진 것을 의미하는 것은 아닙니다. 독일에는 나의 생활 근거의 상당 부분이 남아 있으며, 독일에 있는 다수의 소중한 사람들로부터 떨어지는 것도 불가능하고, 또 독일의 언어와 문화를 함께 호흡하는 것을 중단할 수도 없습니다. 이 관여를 제한하거나 딱 잘라 중지하는 것은 자기가 자신이 아닌 것이 되는 것처럼 나에게는 불가능한 일입니다.

'서간'에서

나의 사상과 행위로 따져 내가 독일인인가 아닌가 나 자신은 전혀 판단할 수가 없습니다. 나는 결국 내가 가지고 있는 독일 기질에서 이탈하기는 어렵습니다. 나의 개인주의와 어떤 종류의 독일적 거동이거나 판에 박힌 문구에 대한 나의

저항과 증오는 나 자신에게뿐 아니라 나의 민족을 위해서도
봉사하게 되리라고 믿고 있습니다.

'서간'에서

나는 전에, 잠 못 이룬 어떤 밤에 —— 잠들 수 없었던 것
은 히틀러 치하에서 행해진 잔학 행위의 끔찍한 인상 때문이
었는데 —— 시 한 편을 썼다. 그 시에서 나는 전율에 저항하
여 나의 신조를 고백하려 했다. 그 시의 마지막 몇 행은 다음
과 같다.

그래서 우리들 길 잃은 형제들은
분열 속에서도 여전히 사랑이 가능하다.
독재나 미움만이 아니다.
인내심 강한 사랑이,
사랑하면서 참고 견디는 것이,
우러를 성스러운 목표에 다가서게 하는 것이다.

'1946년 연두의 말'에서

전체적으로 나는 우리들의 사랑을 신뢰할 수 없으며, 인간
성이 쇠퇴하고 사라져 가고 있다고 생각합니다. 그러니만큼
인류를 몰락에서 구하는 것은 혁명이 아니라 사랑의 마술이
라고 생각합니다.

'서간'에서

나는 우리의 학문이나 정치도, 사고 방식이나 신뢰감도,
만족하는 자세도 신뢰하지 않습니다. 나는 우리 시대가 이상
으로 생각하는 것에는 어느 것에도 공감할 수 없습니다. 그
렇다고 해서 나에게 신념이 없는 것은 아닙니다. 수천 년에
걸쳐 존재해 온 인간성의 법칙을 나는 믿고 있습니다. 그리
고 이 법칙은 우리 시대의 일체의 혼란을 극복하고 조용히
존속해 가리라고 나는 믿습니다.

'서간' 에서

나는 우리 시대와 그 정신 속에서 순수하고 성실하고 살
가치 있는 생활은 완전히 불가능하다는 사실을 몇 번씩이나
격렬하게 말해 왔습니다. 이 사실을 나는 무조건 믿고 있습
니다. 그럼에도 불구하고 내가 살아 있다는 사실, 허위와 금
전욕, 광신, 난폭의 시대, 이 분위기가 나를 죽이지 않았다는
것은 두 가지의 덕택입니다. 그 하나는, 나 자신 속에 있는
자연과의 친화성이라는 커다란 유산이고, 또 하나는 나는 내
시대의 고발자 · 반대자이지만, 그래도 일에 있어서는 생산
적일 수 있다는 사실입니다.

'서간' 에서

히틀러 숭배자라도 때로는 단 한 순간이나마 당파적인 도
취감에서 깨어나 그 비열한 취미를 부끄럽게 여기고 자기를
돼지 같다고 생각할 때가 있겠지요. 그런 일도 있을 수 있다
고 추측합니다.

'서간' 에서

전쟁과 평화

전쟁

전쟁은 우리가 인간의 운명에 관해 알고 있는 한, 언제나 존재했다. 전쟁이 없어졌다고 믿을 이유는 하나도 없다. 우리의 눈을 속인 것은 오랜 평화에 젖은 습성뿐이었다. 전쟁은 수많은 인간이 괴테적인 정신의 나라에 함께 살 수 없는 동안에는 언제나 존재할 것이며. 전쟁은 더욱더 오래, 아마 영원히 존재하리라. 그럼에도 불구하고 전쟁의 극복은 우리의 가장 고귀한 목표이며 서구적·기독교적 문화의 궁극의 귀결이다. '지상의 평화', 동일한 선의에 충만한 인간의 우애는 언제나 우리의 최고의 이상임에 변함이 없는 것이다.

'벗이여, 그런 것은 그만두자'에서

인류의 문화는 동물적 충동을 정신적인 것으로 순화시킴으로써 생긴다. 즉 수치심과 상상과 인식에 의해 생긴다. 인생이 살 보람이 있다는 것은 생의 찬미자조차도 모두 죽음을 면할 수 없음에도 불구하고 모든 예술이 전하는 궁극적인 내

용이며 위안이기도 하다. 사랑은 미움보다 높고 이해는 노여
움보다 우월하며, 평화는 전쟁보다 고상하다는 사실을 이 불
행한 전쟁조차도 우리가 이전에 생각하던 것보다 더 한층 깊
이 우리의 마음에 새겨 주는 것이다.

'벗이여, 그런 것은 그만두자' 에서

전쟁은 우리 모두가 너무 태만하고 너무 안이하고 너무 소
심하기 때문에 일어난다. 우리가 마음의 어딘가에서 은밀히
전쟁을 시인하고 허용하고 있기 때문에, 우리가 정신이나 심
정의 전인식(全認識)을 그때마다 경시하고 신의 이름으로
고집을 관철시키기 때문에 일어나는 것이다.

'평화는 올 것인가' 에서

전쟁은 어느 누구의 책임도 아니다. 전쟁은 태풍이나 번개
처럼 저절로 생기는 것이다. 그래서 우리는 전쟁을 해야만
한다. 우리는 모두 그 발기자가 아니라 희생물이다.

'어떤 별에서 온 불가사의한 편지' 에서

명상과 영지(英智)는 좋은 것, 존귀한 것이지만, 한편으로
는 인생의 뒤안길에서만 번성하는 것처럼 생각되었다. 인생
의 흐름 속을 헤엄치고 그 파도와 싸우는 행위와 괴로움은
그 영지와는 아무 관계도 없었다. 그것은 어쩔 수 없는 것,
숙명이며 해야 하고 괴로워해야 할 것이었다. 신들조차도 영
원한 영지 속에서 산 것은 아니며, 신들 역시 위험이며 공포,
투쟁, 살상을 알고 있었던 것이다.

'유리알 유희' 에서

　국경처럼 증오스러운 것, 국경처럼 바보스러운 것은 없다. 이성과 인간성, 평화가 지배하는 한, 사람들은 국경이 있음을 생각하지 않고 그저 웃기만 한다. 그런데 전쟁, 그리고 그와 함께 정신 착란이 일어나면 국경은 중요하고 신성한 것이 된다.

'방랑'에서

　나는 전부터 자기의 세계를 국경선까지라고 생각하는 사람들을 비난할 생각은 추호도 없었다. 프랑스인이 그런 그림을 칭찬했다고 해서 그 사람을 경원한다든지, 외국어를 들으면 핏대를 올려 화를 내는 사람들은 여기서는 문제 밖이다. 그런 사람들은 앞으로도 지금처럼 휘젓고 다닐 것이다. 그러나 전에는 조금은 의식하면서 인류의 문화라는 초국가적인 건축에 협력해 왔음에도 이제 갑자기 전쟁을 정신의 영역에 끌어들이려는 사람들은 부정(不正)과 심한 오류를 범하고 있는 것이다. 그들이 인류에 봉사하고 초국가적인 인류의 이념의 존재를 믿은 것은 그 이념이 전쟁이라는 대사건과 모순되지 않고, 그렇게 생각하고 행동하는 것이 타당하고 자명했을 때였다. 그런데 지금 이 모든 이념 중에서 최대의 이념을 보존하는 것이 고통스럽고 위험하며 생사와 관련되기에 이르면 슬그머니 꽁무니를 빼고는 주위 사람들이 들으려고 모이는 노래를 부르는 것이다.

'벗이여, 그런 것은 그만두자'에서

전에 진정 한 시간이라도 밝은 빛이 비치고 있을 때에 인류의 이념을 믿고 세계적인 학문이나 국경을 초월한 예술의 아름다움을 신뢰해 온 사람들이 이제 와서 너나할 것 없이 두려워해야 할 전쟁에 간(肝)을 부수고 기치를 던지고, 그 최상의 것도 모두 하나로 묶어 파멸의 심연에 던져 버리는 것은 터무니없는 것이며, 잘못된 짓이기도 하다.

'벗이여, 그런 것은 그만두자' 에서

세계의 모든 예술가가 아름다운 건축물을 위험에 노출시키지 않도록 항의하면 프랑스가 조금이라도 유리하게 된다는 것인가? 독일인이 프랑스의 책도 영국의 책도 읽지 않게 되면 독일에 조금이라도 이득이 된다는 것인가? 프랑스의 저술가가 적에게 야비한 욕설을 퍼붓고, 군대를 선동하여 짐승처럼 포학하게 행동하라고 하면 이 세계가 조금이라도 보다 좋게, 보다 건전하게, 보다 바르게 된다는 말인가 ?

'벗이여, 그런 것은 그만두자' 에서

괴테는 1813년에는 애국적인 시를 한 편도 짓지 않았으나, 결코 애국자가 아닌 것은 아니었다. 그러나 괴테에게 있어서는 한 개인으로서 알고 사랑하고 있었던 독일주의에 대한 기쁨보다는 인류에 대한 기쁨이 앞섰다. 그는 사상 · 정신의 자유, 지적 양심이라는 국제 사회의 시민이며 애국자였다.

'벗이여 , 그런 것은 그만두자' 에서

전사(戰死)

잘 왔네,
나를 감싸서 재워 주는 빠른 밤이여.
잘 왔네, 주검이여.
별이 빛나는 것이 보인다.
아 —— 어머니가 울겠지.
안 돼요, 울지 마세요. 나는 괴로워하고 있지 않으니까요.

나를 때려 쓰러뜨린 낯모를 사람이여,
이제는 너도 밤에 싸여
평화로운 별빛 속에서 잠자고
그리고 우리의 싸움도 미움도
밤에는 그 색깔이 엷어져
우린 곧 화해하고 형제가 되겠지.

나를 가슴에 품어 다오, 오 세계여.
너의 어두운 기쁨을
다시 한 번 이 불안한 마음에 부어 다오.
어쩌다 우리는 길을 잘못 들었겠지.
그래도 결국에는 모두 고향으로,
어머니에게로 돌아가겠지.

'1914년 12월' 에서

봄

푸른 숲에서는 나무의 눈들이 눈물처럼 빛나고 있다.
노란 꽃이 엷은 푸르름 속에서 반짝이고
작은 새들의 사랑의 지저귐이
밝은 나무 사이에 은은히 흐르고 있다.
그리고 어린이들은
들판의 풀꽃을 찾아 헤매면서
희미하게 느껴지는 미래의 생의 고통을
제대로 돌지 않는 혀로 노래한다.
하나 우리 어른은
멀리 포성이 약하게 울리는
빈사(瀕死)하는 사람의 맥박처럼 경련하는 산 너머로
날카롭게 귀를 기울인다.
언젠가 평화는 오겠지.
언젠가 어린이들과 함께
엄숙한 식전에 꽃다발을 들고 가겠지.
잊을 수 없는 사람의 무덤에 바칠 꽃다발을.
죽음의 손을 피해 볕에 그을어
돌아온 사람들을 맞이하는 꽃다발을.
우리는 꽃다발을 들고,
엄숙한 종소리와 함께
평화는 오겠지.
언젠가 —— 언젠가 —— 소리 없는 무수한 사람들 위로
깊은 눈 속에서 부드럽게 미소지으며
불멸의 어머니는 몸을 굽히겠지.

'1915년 3월' 에서

전시 중의 휴가 끝에
밝은 여행용 단장을
젖은 풀 속에 던지고
아무래도 죽을 몸이다.
눈이 젖어 있다.
다시금 말하는 것을 들어야만 한다.
다시금 이별을 고하고
마음에 들지 않는 일을 해야 한다.
그래도 사방을 둘러보면 푸르른 공기
시내 초원 단애(斷崖)
이 세계의 반향과 빛이 가득하다.

다시금 비굴해지지 않으면 안 된다.
다시금 동경으로 괴로워하면서
익숙하지 않은 일을 해야 한다.
마음속으로는
어두운 고통의 실을 짜며
황금의 꿈을 절반으로 단념하면서.

나는 가만히 늪 속에 토해 버린다.
내가 받들어야 할 놈들,
대신 · 각하 · 대장놈 모두 한꺼번에
악마에게나 잡혀 버려라.

전쟁 4년째에

저녁이 아무리 춥고 슬퍼도
비가 아무리 억세게 퍼부어도
그런 때에는 나는 노래를 한다,
누가 들어 줄지 모르지만.

세계가 전쟁과 불안에 질식해도
여기저기서 사랑의 불길이
조용히 타오르고 있다,
아무도 그걸 눈치 채지 못해도.

1918년 가을밤

느릅나무 밑에서 밤이 웅성거린다.
마당에서는 요괴(妖怪)들이 웃어 대고 있다.
다시 한 번 덜거덕거리는 창과
나의 마음을 닫는다.
유리의 파편이 날카롭고 차게 빛난다.
서쪽에서 불어온 바람이
등잔불을 흔들어 끄고 나뭇가지들에
깊은 한숨과 습한 혼란을 불러일으킨다.
아, 우리는 이 지상에서 무엇을 해야 하는가?
시인과 어린이와 바보는 세상일에는 소원하다.
공무원이나 대학 교수라도 될까?
아니면 미치기라도 할까? 아니면 산이나 들판의 야수라도
될까 ?

흔들흔들 요동하는 별에서 술을 따르자.
체면 따위는 깨진 창 밖으로 던져 버려라.
비참했던 옛날을 언제까지나 생각하진 말자.
이럭저럭 하는 동안에 느릅나무 위로 달이 뜬다.
그 시절의 달이다, 행복했던 밤들의 달이다.
눈물을 글썽이며 나는 너를 우러러본다.
모든 모성적인, 신적인 힘의 상징,
내가 잊어버린 온갖 선한 것, 사랑해야 할 것들의 상징이다.
오, 나의 마음은 아직도 너를 전적으로 신뢰한다.
너만이 나를 무시하지도, 배신하지도 않는다.
옛날과 다름없는 너의 차디찬 눈에 매혹되는 것은
아직도 역시 음악이다. 위로하는 빛이다.
드디어 때가 온다.
그리하여 너는 우리의 보잘것없는 무덤을 굽어본다.
나뭇잎이 흩어지고 별이 진다.
바람이 불고 눈이 내린다.
그리하여 이 전쟁도, 이 모든 괴로움도 멀리멀리 떠나가
마침내 사라져, 완전히 잊혀버릴 것이다.

우리는 전쟁 자체를 단호히 배격한다. 원자폭탄도 전쟁과
마찬가지다. 이를 제조하고 개량하여 저장하는 것은 더욱 심
하게 군비 경쟁을 해야 한다는 것과 똑같다. 세계대전을 치
르고도 강대국의 지도자나 장군들은 아무것도 배운 바 없고
아무것도 배우려 하지 않았다. 그들은 슬퍼해야 할 승리를
거둔 이래 평화를 위해서는 거의 아무것도 하지 않고 새로운

전쟁을 가능하게 하는 듯한 일만을 해 왔다. 우리는 그들을,
폭탄 제조에 협력하는 물리학자 나부랭이에 이르기까지 우
리의 적, 평화와 인류의 적으로 간주한다.

'서간'에서

　분명히 폭력은 악이다. 비폭력만이 자각된 유일한 길이다.
이 길은 결국 만인의 것이 되기는 어려울 것이며, 세계사를
꾸미고 전쟁을 이끄는 사람들의 길이 되지는 못할 것이다.
그러므로 이 지상이 낙원이 될 리도 없고, 인류가 신과 하나
가 되어 화해하는 일도 없을 것이다. 악인은 지배하고 착취
할 것이며. 무관심한 자는 환성을 지르든 이를 갈든 어쨌든
동조할 것이며, 소수의 각성한 사람들은 방관하면서 악과 권
력의 세계에 대해 몇 번씩 반복하여 끈질긴 구원의 시도를
할 것이다. 마치 부처나 소크라테스나 예수처럼, 원시기독교
인이나 퀘이커파나 간디의 추종자처럼.

'서간'에서

　나는 세계 전쟁은 피할 수 있다고 생각합니다. 그것은 군
비와 파괴 수단의 새로운 축적에 의해서가 아니라 이성과 협
조에 의해서입니다. 그러므로 세계의 어느 나라든 군비와 전
쟁의 수행으로 장시간에 걸쳐 승리를 차지하고 자신의 존엄
과 자유를 보존할 수 있다고는 믿지 않습니다. 나는 전 인류
를 두 개의 진영으로 나누어 모든 악마적인 수단으로 상호
선동하려는 광신에는 끝까지 반대합니다.

'서간'에서

세계는 여러 가지 위험과 전쟁의 가능성으로 가득 차 있습니다. '공산당' 만이 유일한 위협은 결코 아닙니다. 그들도 똑같이 강요당하고 있어서 아마도 그 대다수는 우리들과 마찬가지로 패배하거나 살해당하기를 즐기지 않을 것입니다. 우리들의 세계와 평화를 위협하는 것은 전쟁을 원하고 전쟁을 준비하는 사람들로서, 와야 할 평화라는 막연한 약속으로, 혹은 외적의 침략에 대한 불안을 조성하여 우리를 자기들의 계획의 협력자로 만들려는 사람들입니다. 오늘날 세계의 강대한 나라들에는 어디에나 호전파(好戰派)가 있을 것입니다. 그러나 전쟁에 패하여 무장 해제된 이 나라에도 내일이 아니라 당장 오늘도 군대와 전쟁을 위한 임무를 맡을 사람들은 부족하지 않으며, 뮐러 씨라는 호칭 대신에 대령님이라든지 중위님이라고 불리기를 즐기는 사람들이 많이 있습니다. 평화와 진리의 벗인 우리들은 이들 장사꾼과 야심가들의 말에 귀를 기울이고 협력해서는 안 됩니다. 폭탄이나 전쟁 외에 평화에의 길이 있으며, 세계의 질서와 해독에의 수단이 있을 것이라는 우리들의 신념을 기필코 견지해야만 합니다.

'서간' 에서

나는 1914~18년의 전쟁을 실로 강렬하게, 거의 나 자신이 파멸당할 정도로 겪었기 때문에 그 이후에는 하나의 사실에 대해 완전하고도 확고한 신념을 가져 왔다. 즉 나 개인으로서는 폭력에 의한 세계의 개혁은, 비록 그것이 사회주의적인 것일지라도, 얼핏 보기에 정당한 것으로 보일지라도 모두 거부하고 결코 지지하지 않겠다는 것이다.

'서간' 에서

거의 10년간을 전쟁에 대한 항의, 횡포하고 피를 탐하는 인간의 어리석음에 대한 항의, 특히 전쟁을 선동하며 돌아다니는 광신적인 인간들에 대한 항의가 내 의무가 되어 왔고, 필연적으로 하지 않으면 안 될 일이 되었습니다. 나는 이런 일들을 그것이 나의 문제가 된 한에서 근본까지 추궁하여 이에 대한 나의 입장과 나도 공범자임을 밝혀 왔습니다.

'서간'에서

1914년 당시 이미 어른이었던 사람에게 있어서 오성과 양심을 가지고 있는 한, 관찰하여 판단하면서 전쟁에 참여한다는 것은 쉽지 않았습니다. 그것은 노래를 부르며 커다란 이상을 품고 전선으로 향하던 젊은이들의 괴로움에 비해 결코 뒤떨어지지 않는 것이었습니다. 그래서 전쟁에 졌을 때 젊은 사람들은 갑자기 자기들이 자진하여 전쟁에 나간 것이 아니고, 전쟁을 일으킨 것도 자기들의 어버이들이었다 하는 것을 상기한 것입니다. 이 세대의 사람들은 그들의 자식에게 무엇을 주고 무엇을 남겨 주려는 것일까요?

'서간'에서

전쟁이 일어났다. 그리하여 전쟁과 함께 예로부터 독일의 문필가가 경험하는 문제, 독일의 생활 속에서 정신과 언어의 비극적인 운명이 그 어느 때보다 더한층 통절하게 모습을 드러냈다. 무책임한, 혹은 감격에 취한, 혹은 단순히 몸을 파는 사이비 문학이 등장했다. 더없이 애국적이기는 하나 어리석은, 허위이며 조잡하여 정신적이라기에는 값싼, 독일 국민에

게는 어울리지 않는 문학이 등장했다. 저명한 학자나 작가조
차도 하사관 같은 글을 썼다. 정신과 국민 사이의 모든 교량
이 무너져 버린 듯이 생각될 뿐 아니라 정신 그것 자체가 어
쩌면 존재하지 않는 듯이 생각되었다.

'괴테에의 감사'에서

반전 운동에 있어서 우리들 문학가가 할 수 있는 일은 조
금밖에 없다. 강력한 로마 교회조차도 평화를 위해 기구(祈
求)할 뿐 실제로 평화를 실현하기 위해 힘을 얻는 데는 성공
하지 못했다. 그럼에도 불구하고 정신 즉, 언어는 무한한 힘
을 가졌으며, 그러므로 저버릴 수 없는 책임을 가지고 있는
것이다.

'회상'에서

세상일에 대해 공동 책임을 느끼는 사람은 그것을 특히 자
각한 양심과 뛰어난 인간성의 표시라고 해석하고 싶겠지만,
아마도 그것은 병적인 상태, 즉 무관심과 신앙의 결점일 수
밖에 없을 것이다. 가장 우수한 사람은 세상의 악덕과 질병,
타성적인 평화와 야만스러운 전쟁에 대해 책임을 져야 한다
든지 세상의 번민과 죄를 늘리기도 하고 줄이기도 할 수 있
을 만큼 자신이 위대하다는, 터무니없는 생각은 하지 않을
것이다.

'엔가딘의 체험'에서

이제 비로소 사람들은 독일과 세계가 당한 손실의 크기를, 고향의 아름다움과 회상의 보고(寶庫)나 공상의 샘을 잃은 아픔을 의식하기 시작했다. 그리하여 거의 참을 수 없을 것 같은 이 빈곤화의 와중에서 새로운 욕망을 가지고 아직도 계속해서 흐르고 있는, 이를 마시는 것이 여전히 허락되어 있는 저 샘, 즉 좋은 시절의 독일 시인들을 찾아 헤매고 있다.

'리기의 일기'에서

조국을 위하는 일이라는 명분으로 사람을 죽이도록 강요 당했을 때 이를 거부할 만한 용기를 발휘할 수 있겠는가 하는 것은 누구나 미리 단언할 수 있는 것이 아니며, 자기가 옳다고 확신한 것을 위해 마지막 것을 희생할 각오가 되어 있다고 단언할 수도 없습니다. 또 아무도 그런 희생을 치를 의무는 없습니다. 각자 자기 힘에 알맞은 일을 하면 되는 것입니다. 당신이 위급할 때 살해 명령에 공공연히 저항할 수 있을지, 겉으로만 묵묵히 복종하는 것으로 만족할지 어떨지, 그것은 당신 자신의 내부의 지휘자인 당신의 감정과 양심이 결정할 일입니다. 우리들은 이성과 도덕뿐 아니라 우리들 자신의 성격에도 귀를 기울여야 합니다.

'서간'에서

평화

  평화도 역시 생명이 있어서, 모든 살아 있는 것처럼 때에
따라 가득 차기도 하고, 모자라기도 하며, 순응하고 시련을
견디며 변화를 겪지 않으면 안 된다.

'유리알 유희'에서

  평화는 사상으로서, 희망으로서, 제안으로서, 남 몰래 작
용하는 힘으로서 모든 곳에, 모든 사람의 마음 속에 있다. 만
일 한 사람 한 사람이 평화에 대해 마음을 연다면, 한 사람
한 사람이 평화에 공헌할 수 있으며, 평화의 사상, 평화의 예
감의 주인이 되고, 그 관리인이 되려는 확고한 의지를 품는
다면, 또 모든 고결한 사람들이 이제 상당한 기간 동안 평화
의 의지가 어떤 장애에도, 어떤 절연층(絶緣層)에도, 어떤
방해에도 부딪히지 않도록 전력하여 공헌하려고 한다면 그
때야말로 평화는 우리의 것이 될 것이다.

'평화는 올 것인가?'에서

  전쟁이란 인간의 원시 상태이며 자연의 상태라고 말하는
사람이 있는데, 진실로 그렇다. 인간이 동물인 한은 투쟁에
의해 살아가며, 남을 희생시키며 살아가고 또한 남을 두려워
하며 미워한다. 그러므로 산다는 것은 전쟁이다. '평화'란
무엇인가에 대해 규정하기는 훨씬 더 어렵다. 평화는 천국의
원시 상태도 아니고, 합의에 의해 질서가 세워진 공동 생활

의 한 형식도 아니다. 평화는 우리가 아직 잘 모르고 있는 그 무엇이며, 우리는 단지 그것을 탐구하고 예감하고 있을 뿐이다. 평화는 하나의 이상이다. 그것은 말로는 표현할 수 없을 만큼 복잡하고 불안정하며, 항상 위협당하고 있어 그것을 파괴하기 위해서는 입김을 부는 것만으로도 충분하다. 서로 의존하고 있는 두 사람 사이에서조차도 진정한 평화 속에서 산다는 것은 어떤 다른 윤리적인 업적이나 지적인 성과보다 훨씬 드물며 훨씬 어려운 일이기도 하다. 그럼에도 불구하고 평화는 사상과 희망으로서, 목적과 이상으로서 이미 오랜 옛날부터 존재했다. 수천 년 전부터 그 수천 년의 기반을 닦아 온 강력한 금언이 있었다. 그것은 '너희는 살인하지 말라' 이다. 인간이 이런 말과 이런 어마어마한 요구를 할 수 있을 정도의 능력을 가지고 있었다는 사실은 다른 어떤 특징보다도 인간의 특징을 잘 나타내 주는 것이다. 이것은 인간을 동물과 구별하는 것이며, 아마도 인간을 '자연' 에서 떼어 놓는 것일 것이다.

'전쟁과 평화' 에서

평화

누군가 그것을 가지고 있었으나,
아무도 그것을 소중히 여기지 않았다.
누군가 그 감미로운 샘물을 마셨으나,
평화라는 이름은 지금 어떤 반향일까?

그것은 멀리 머뭇거리며 울리고

눈물에 젖어 거듭 울린다.
아무도 그날을 모르며
오직 그날을 그리고 있다.

언젠가는 반갑게 맞이하자.
최초의 평화의 밤이여,
다정한 별이여, 네가 드디어
최후의 전투의 포연(砲煙) 위에 모습을 나타낼 때.

밤마다 나의 꿈은
네가 있는 방향을 바라보며
성급한 기대는 일찍이
평화의 나무의 금빛 과실을 쥐고 있다.

언젠가는 반갑게 맞이하자.
제2의 미래의 서광이여,
네가 유혈의 고난 속에서
이 세상의 하늘에 모습을 나타낼 때.

'1914년 10월' 에서

나는 수많은 나의 친구나 적이 말하고 있듯이 평화론자는
아니다. 나는 합리적인 방법, 예를 들면 설교 · 조직 · 선전으
로 세계 평화가 실현되리라고는 믿지 않는다. 그것은 내가
화학자들의 회의에 의해 현자의 돌이 발견될 수 있으리라고
믿지 않는 것과 마찬가지이다. 그럼 언제 어디에서 이 지상

에 진정한 평화가 찾아올 것인가? 그것은 계율로도, 물질적 경험으로도 불가능하다. 진정한 평화는 인간의 진보와 마찬가지로 인식(認識) 속에서 올 것이다. 일반적으로 일체의 인식은 그것이 학구적인 무엇이 아니라 생명에 충만된 무엇이라면 오직 하나의 대상밖엔 갖고 있지 않다. 그것은 수만 명의 사람에 의해 수만 번 인식되고, 수많은 다른 방법으로 표현되지만 그 진리는 항상 하나이다. 그것은 우리들 한 사람 한 사람의, 나의, 너의 마음 속에 깃들여 있는 생생한 생명의 인식이다. 우리들 모든 사람 속에, 나 속에, 당신 속에 지니고 있는 신비스러운 신성(神性)의 인식이다. 그것은 가장 내적이며 심오한 하나의 점에서 모든 대립하는 모순을 지양할 수 있다는 가능성에 대한 인식이다. 모든 흑을 백으로, 모든 악을 선으로, 모든 밤을 낮으로 바꿀 가능성에 대한 인식인 것이다. 인도인은 이를 '진아(眞我)'라 하고 중국인은 '도(道)'라 하며, 기독교인은 '은총'이라 한다. 이러한 최고의 인식이 존재하는 곳에 하나의 터전이 닦이고, 그 건너에서 기적이 이루어지기 시작한다. 그때 전쟁도 증오도 사라지는 것이다.

'전쟁과 평화'에서

바로 최근에 서부에서의 휴전과 함께 4년에 걸친 전쟁은 막을 내렸으나, 그것은 어디에서도 환영이나 축하를 받지 못했다. 이쪽에서는 전제주의의 붕괴가 환영을 받는가 하면 저쪽에서는 승리가 환영을 받았다. 그러나 어떤 일정한 시간을 기점으로 하여 저 아무 의미 없는 사격(射擊)이 4년이나 계

속된 다음 겨우 중지되었다는 사실은 참으로 아무도 흥분시
키지 못했다. 얼마나 기묘한 세상인지! 그리고 얼마나 사소
한 일 때문에 사람들은 또다시 유리 창문이며, 경우에 따라
서는 사람의 두개골까지도 때려 부수려 하는 것인지!

'세계사'에서

　　패전자(敗戰者)에게는 패전자로서의 역할과 과제가 있다.
이 과제는 지상의 모든 불행에 대한 예로부터의 신성한 과제
이다. 그것은 자기의 운명을 견디는 것, 단순히 견디기만 하
는 것이 아니라 그것을 전적으로 받아들이고 그것과 일체가
되고, 그것을 이해하는 것이다. 그리하여 드디어는 불행을
멀리 떨어진 구름에서 내리퍼붓는 미지의 운명으로서 느끼
는 게 아니라 그 불행이 우리의 불행이 되고 우리의 몸에 침
투하여 우리의 사상을 이끌게 하는 것이다.

'사랑의 길'에서

　　인간에게는 진실에 대한 감각과 질서에의 욕구가 내재하
고 있어서 이는 파괴당할 수 없다는 신념이 나를 버티게 해
주고 있습니다. 아무튼 나에게는 세계가 정신병원이나 속된
연극처럼 생각되어 때때로 심한 구토감으로 괴로움을 당하
는데, 그나마 미친 사람이나 취객처럼 언젠가 다시 제 정신
으로 돌아오면 얼마나 수치스러울까 하는 기분으로 바라보
고 있습니다.

'서간'에서

문학과 언어

언어

어떤 민족에게나 언어와 문자는 성스러운 것, 마술적인 것이어서 이름과 기록은 본래 마술적인 행위, 정신으로 하는 자연의 마술적인 정복이었다. 문자를 기록하는 재능은 어디서나 신에게서 유래하는 것으로 우러러보았다. 대다수의 민족에서 쓰는 것과 읽는 것은 성스러운 비술로서 사제 계급만이 차지해 왔다. 젊은 사람이 이 권위 있는 기술을 습득하기로 결심하는 것은 대단하고 이상한 일이었다. 그것은 손쉬운 일이 아니었으며, 극히 소수의 사람에게만 허락된 헌신과 희생을 통해서만 획득할 수 있는 것이었다. 현대의 민주적인 문명에서 본다면 당시에 있어서 정신은 오늘날보다 진기한 것이어서 그만큼 고귀한 것, 신성한 것으로 간주되었다. 우리는 교권적인, 귀족적인 문화 속에서 문학의 비의에 통한다는 것이 무엇을 의미했는가는 아리송하게 상상할 수 있을 뿐이다. 그것은 아마도 막강한 권력, 흑과 백의 마술을 의미하며, 호부(護符)와 마법의 지팡이를 의미했을 것이다.

'책의 마술' 에서

아직 언어가 없었던 원시 세계나 궁극에까지 기계화되어 다시 언어를 잃은 세계 속에서 살고 있지 않는 한, 언어는 각자에게 있어 그 개인의 재산이다. 언어에 대한 감수성을 가진 사람, 즉 분열되지 않은 건전한 사람에게 있어서는 예외 없이 말이나 철자, 자모와 형태, 문장의 여러 가능성은 특수한, 그 사람만이 알 수 있는 가치와 의미를 가지고 있다. 모든 진정한 언어는 그것을 이해하고 사용할 재능을 가진 사람에 의해서, 비록 당사자가 그것을 전혀 의식하고 있지 않을 때에도 완전히 개인적으로 느끼고 체험되는 것이다.

'행복론'에서

언어에는 말하는 사람에 따라서 좋아하는 언어나 인연이 없는 언어, 편애하는 언어와 회피하는 언어가 있다. 판에 박힌 듯 자주 써도 싫어질 염려가 없는 일상어도 있는 반면에 장중한 말이어서 그것을 아무리 사랑한다고 해도 그 장중성에 어울리도록 신중하게 아껴서 아주 특별한 기회에만 말하거나 쓰는 것도 있다.

'행복론'에서

작가에게 있어 언어란 화가에게 있어 팔레트 위의 물감과 같다. 언어는 무수히 많으며, 끊임없이 새로운 것이 만들어진다. 그러나 좋은 말, 진정한 언어란 그다지 많지 않다. 그림물감도 그 농도와 혼합색은 수없이 많지만 그렇게 뜻대로 많이 만들 수 있는 것은 아니다.

'행복론'에서

시인에게 있어서 언어는 표현 수단이나 기능이 아니고 신성한 실체이다. 마치 음악가에게는 음이, 화가에게는 색채가 그런 것처럼.

'괴테에의 감사'에서

어떤 악기 혹은 어떤 음역을 특히 좋아하거나 또는 특히 싫어하여 소홀히 하는 음악가가 있는 것처럼 대부분의 인간은 대개 언어 감각을 가지고 있는 한, 어떤 종류의 언어나 반향에 대해, 또 모음과 자음의 배열에 대해 독특한 기호를 가지거나 혹은 그렇지 않은 것을 혐오하거나 한다. 누군가가 어떤 특정한 시인을 좋아하거나 싫어하는 것은 그 시인의 언어 취미나 청각적 표현이 독자의 그것과 유연(有緣)하거나 무연(無緣)한 것과도 큰 관련이 있다.

'행복론'에서

괴테나 브렌타노, 레싱이나 호프만의 산문 구조와 리듬을 살펴보면 그 작가의 특성이나 육체적·정신적인 소질에 대해 문장 자체가 표현한 내용에서보다 때론 훨씬 더 많은 것을 알아낼 수 있다.

'행복론'에서

말이란 어머니나 할머니 같은 것이어서 우리 시인들은 그의 충실하고 근면한 심부름꾼·보호자·개혁자, 그 명(命)과 함께 살고 그 괴로움을 함께 나누고 그 건강과 질병을 살펴 시중을 들고 그것에 언제나 새로운 시도나 유희와 용기를

불어 넣는다고 생각된다. 우리의 도구이고 조수처럼 보이는
말이 실은 우리의 여주인인 것이다.

'리기의 일기' 에서

    언어란 감추어진 뜻을 가지고 있다. 어떤 언어도 갑자기
사뭇 다른 것이 되고 어느 정도 왜곡되며 어느 정도 분별이
가지 않는 것이 되기도 한다. 그러나 그것도 어떤 사람에게
는 보물이며 영지(英智)이나, 다른 사람에게는 항시 분별없
는 것으로 들리는 것은 어쩔 수 없는 일이다.

'싯다르타' 에서

    시인이 무엇보다도 심한 부자유와 속박을 느끼는 것은 언
어이다. 그들은 언어를 마음속으로 증오하고 비난하며 저주
하기보다는 오히려 이런 빈곤한 수단으로 일하도록 태어난
자신을 저주한다.

'관찰, 언어' 에서

    오랫동안 고생을 하면 할수록 점점 언어를 다루는 일은 어
려워지고 의문을 가지게 된다.

'엔가딘의 체험' 에서

서적

진정한 교양에 이르기 위한 가장 중요한 길의 하나는 세계 문학의 연구이다. 즉 과거가 여러 민족의 시인이나 사상가의 작품에 남겨 준 사상·경험·상징·공상·이상 등의 방대한 보고와 친숙해지는 일이다. 그 길을 거치지 않고 그것을 최후까지 걸어간 사람은 없다. 한 문화 민족의 문학을 전부 다 완전히 연구하고 알아내는 것은 불가능하다. 하물며 전 인류의 모든 문학을 말한다면 더욱 그렇다. 그러나 그렇게까지는 하지 않더라도 제1급의 사상가나 예술가의 작품 하나하나에 몰입하여 이를 이해하는 것은 그것만으로도 하나의 실현, 행복한 체험 —— 죽은 지식에 대한 체험이 아니고 생생한 인식과 이해를 가진 체험이다. 가능한 한 많이 읽어서 아는 것을 문제로 하는 것이 아니라 한가할 때에 전심을 기울인 명작을 자유로이 선택하여 인간에 의해 사고되고 추구된 광대함, 풍부함을 예감하는 것, 그리하여 인류 전체에 대해, 인류의 생명과 고동에 대해 생생하고도 약동하는 관계를 가지는 것이 더없이 긴요하다. 이것이 결국 생활의 적나라한, 실용적인 필요에만 봉사하고 있지 않은, 모든 생활의 의미를 이루는 것이다.

'세계 문학의 도서 목록'에서

진정한 교양이란 어떤 목적을 위한 교양이 아니라, 완전성을 목표로 한 노력이 모두 그런 것처럼 그 자체에 의미를 가지는 것이다. 육체적인 힘이나 기능, 아름다움을 획득하려는 노력은 돈이나 명성, 권세 같은 무엇인가의 궁극적 목적을 가지지 않고 그 자체에 보상을 지니고 있어 우리의 생활 감정이나 자신을 높이는 데 즐겁고 행복한 기분을 가지게 하는 것이지만, 그와 마찬가지로 '교양', 즉 정신적 완전성을 구하는 노력도 어떤 한정된 목표를 정한 괴로운 길이 아니고 우리의 의식을 확대시키고 기쁘게 하고 격려하는 것이며, 우리의 생활과 행복의 가능성을 풍부하게 하는 것이다. 그러므로 진정한 교양은 진정한 체육과 마찬가지로 실현인 동시에 진행이며, 그 자체로서 목적지에 도달한 것이며, 그럼에도 불구하고 어디에 있으나 정지하지 않는 것이다. 결국 무한한 여행 도중에 있는 것이며, 우주 안에서 함께 진동하는 것이고, 몰시간의 세계에서 함께 사는 것이다. 그 목표는 개개의 능력이나 성적을 높이는 것이 아니라 우리의 생활에 의미를 주고 과거를 해석하며 두려움 없는 마음으로 미래와 대결할 수 있도록 우리를 돕는 것이다.

'세계 문학의 도서 목록'에서

독서는 절대로 우리의 기분 전환의 도구가 되어서는 안 되며, 오히려 우리의 정신을 집중시키는 것이어야 한다. 무의미한 생활을 메우고 겉치장의 위로를 마비시키는 것이 아니라, 우리의 생활에 더욱 높고 더욱 충실한 의미를 부여하는 조력이 되지 않으면 안 된다.

'세계 문학의 도서 목록'에서

　책을 읽는 사람이 걸어야 할 길은 사랑의 길이지 의무의 길이 아니다. 어떤 명작을, 그것이 유명하고 그것을 모르는 것은 수치라는 이유로 억지로 읽으려는 것은 엄청난 잘못이다. 그렇지 않고 누구나 자신에게 있어 자연스럽게 읽는 것, 아는 것, 사랑하는 것에서부터 시작해야 한다. 어떤 사람은 학생 시절의 초기에 아름다운 시구에 대한 사랑을 자신 속에서 발견할 것이며, 어떤 사람은 역사, 혹은 고향의 전설에 대한 사랑을, 또 어떤 사람은 민요에 대한 희열을 발견하여 책을 읽을 것이며, 또 다른 사람은 우리의 감정을 정확하게 탐구하여 탁월한 지성으로 해석하고 있다고 생각할 때 독서를 매력 있고 즐거운 것이라고 느낄 것이다. 길은 한없이 많이 있다. 학교의 교과서나 캘린더에서 출발할 수도 있고 셰익스피어, 괴테 혹은 공자에서 끝날 수도 있다. 권유를 받고 읽으려 했으나 마음에 들지 않는 작품, 우리의 마음이 저항하는 작품, 우리를 그 속에 받아 주지 않는 작품, 그런 것은 자신을 죽이며 무리하게 읽으려 할 것이 아니라 아무 때건 내던져도 좋은 것이다.

'세계 문학의 도서 목록' 에서

　유년 · 소년 시절에는 너무 속박하여 어떤 일정한 독서를 시키려고 하지 않는 것이 좋다. 그렇게 하면 어린이들은 일생 동안 지극히 아름다운 작품을, 진정한 독서 자체를 혐오하게 되는 경우가 있다.

'세계 문학의 도서 목록' 에서

평생 동안 열두어 권 정도의 책으로 시간을 메우고도 그것으로 진정한 독서가라고 하는 사람도 있다. 반면에 온갖 것을 섭렵하고 온갖 것을 입에 올리면서 일체의 수고가 허사였다고 말하는 사람도 있다. 즉 교양은 교양을 제공받는 자를 전제로 한다. 결국 그 사람의 성격·인격을 전제로 하는 것이다. 그것이 존재하지 않을 때는 교양은 실체가 없다. 말하자면 그것이 공허함 속에서 행해질 때는 지식은 생길지 모르나 사랑과 생명은 생기지 않는다. 사랑이 없는 독서, 외경의 생각이 없는 지식, 심정이 없는 교양은 정신에 대한 가장 악질적인 범죄의 하나이다.

'세계 문학의 도서 목록'에서

책은 읽기만 하는 것이 아니라 사는 물건이라는 말을 가끔 듣게 된다. 책을 산다는 것은 단순히 서점과 저자를 기쁘게 해 주는 것만이 아니다. 책을 소유하는 데는 아주 독특한 기쁨이 있고 독특한 모럴이 있다. 가령 심심할 때는 비교적 싼 보급판을 이용하여 많은 목록을 늘 연구하면서 현명하게, 끈기 있게, 누락되는 것 없이 천천히, 모든 어려움을 이겨 내면서 어렵게 아름다운 장서를 만들어 가는 것도 그런 대로의 기쁨이 되고 매력 있는 활동이 될 수 있을지도 모른다.

'세계 문학의 도서 목록'에서

가장 오래 된 작품은 조금도 오래 된 것이 되지 않는다. 오늘 유행하여 센세이션을 일으킨 작품은 내일은 비난을 받을지도 모른다. 오늘은 새로운 흥미를 느끼게 하는 것이 내일

모레는 그렇지 않을지도 모른다. 그러나 몇 세기를 살아남아 여전히 잊혀지지 않고 사라지지도 않는 것은 우리가 살아 있는 동안에는 크게 그 가치 평가가 변하는 일이 있을 수 없을 것으로 생각된다.

'세계 문학의 도서 목록' 에서

　일정 기간을 살아남아서 한때 영향을 주고 그 진가를 발휘한 모든 정신적인 재보(財寶)는 말하자면 인류의 재고품 같은 것이어서 그때그때의 세대의 조류와 정신적 요구에 응하여 언제나 다시 등장하여 검토받고 주목받으며 새로이 생명을 얻게 된다.

'세계 문학의 도서 목록' 에서

　보다 깊은 의미에서 독서를 배운다는 것은 신문이나 현대에 유행하는 어지간한 문학에서가 아니라 거장의 작품에 의해서만 가능하다. 그것들은 때로 유행하는 작품에 비해 달콤함도 자극도 적다. 명작은 진지하게 받아들이고 흡수되기를 바라는 것이다. 알기 쉬운 예를 들면, 라신느의 희곡의 엄격하고 강철 같은 탄력 있는 대사, 혹은 스턴이나 장 바울 같은 작가의, 미묘한 뉘앙스로 풍부하게 꾸며진 유머를 받아들이기보다는 거침없이 연출되는 댄스를 받아들이는 편이 훨씬 즐거울 것이다.

'세계 문학의 도서 목록' 에서

오늘날의 세계는 어느 정도 책을 경시하는 경향이 있다. 활동적인 생활 대신에 책을 사랑하는 것을 면구스럽게, 체면이 상한다고 생각하는 많은 젊은이를 볼 수 있는데, 이들은 책을 사랑하기에는 우리의 인생이 너무나 짧고 너무나 귀중하다고 생각한다. 그러면서도 일주일에 엿새는 카페의 음악이나 댄스로 많은 시간을 보낸다. '현실' 세계의 대학이나 직장이나 증권거래소나 오락장은 더없이 활기에 차 있는 듯하지만, 그렇다고 날마다 한두 시간을 현인이나 시인의 책을 읽는 데 쓰기보다 그런 곳에 있는 편이 진실로 인생에 더 가까이 있는 것은 아니다. 확실히 다독이 해로울 때도 있을 것이다. 책이 생활에 부당한 경쟁을 초래하기도 할 것이다. 그렇다고 책에 열중하지 말라고는 아무에게도 말할 수 없다.

'세계 문학의 도서 목록'에서

고금의 명작이 우리에게서 그 진가를 증명받기 전에 우리들이 먼저 그것으로 자신의 진가를 증명하지 않으면 안 된다.

'세계 문학의 도서 목록'에서

책

이 세상의 어떤 책도
당신에게 행복을 주지는 못한다.
그러나 책은 은밀히 당신을 가리켜
당신 자신 속으로 되돌아가게 한다.
거기에는 태양도 별도 달도

당신이 필요로 하는 것은 모두 있다.
당신이 찾는 빛은
당신 자신 속에 머물러 있기 때문이다.

따라서 당신이 책 속에서
오랫동안 찾아 헤매던 지혜가
모든 책장에서 빛나고 있다 ──
왜냐하면 지금 그 지혜는 당신의 것이니까.

우리의 세계가 지금 놓여 있는 위기는 몰락에까지는 이르지 않더라도 몰락과 아주 비슷한 것이 되지 않을까 우려된다. 그리하여 그것이 오래 계속되면 다른 무수한, 사랑해야 할 것들과 함께 무수한 책 역시 영원히 소멸해 버릴 것이다. 어제는 아직도 신성했던 것, 오늘도 아직은 일부의 정신적인 사람들에게는 존경받을 만한 요긴한 책이 내일 모레는 완전히 파묻혀 잊혀지고 말 것이다.

'세계의 위기와 책'에서

책은 미학적·문학적으로 무가치한 것이면서 대단히 강력한 영향을 줄 때가 있다. 이런 영향의 대부분은 일견 사리에 맞는 계산처럼 보이고 예상되며 발견할 수 있는 것으로 생각할 수도 있다. 그러나 사실 이런 때 이 세상의 현상은 완전히 비합리적·무법칙적인 것이다.

'비밀'에서

　인간이 자연에서 받은 것이 아니고 자기 자신의 정신 속에서 만들어 낸 많은 세계 속에서 책의 세계는 가장 위대하다. 어떤 어린이도 처음으로 문자를 쓰는 연습을 할 때는 인공적인, 지극히 복잡한 세계에로 제일보를 내딛는 것이다. 그렇게 해서 그 세계의 법칙과 유희 규칙을 모두 알아 완전히 자신의 것으로 하기 위해서는 사람의 일생으로는 도저히 모자란다.

'책의 마술' 에서

　언어도 문자도 책도 없다면 역사도 없고 인류라는 개념도 없다. 그래서 좁은 공간에, 가령 한 채의 집이나 하나의 방 속에 인간 정신의 역사를 담아 버리고 자신의 것으로 만들고 싶다면 그것은 책의 선택이라는 형태로 하는 수밖엔 다른 방법이 없다.

'책의 마술' 에서

　오늘날에는 문자와 정신의 세계가 모든 사람에게 개방된 듯하다. 그뿐 아니라 그 세계에서 도망이라도 치려 하면 강제로 다시 끌려 돌아온다. 오늘날에는 읽을 수 있다는 것, 쓸 수 있다는 것은 숨쉴 수 있다는 것과 별로 다를 것이 없으며, 기껏해야 말을 할 줄 아는 것과 다를 바 없이 되고 만 듯하다. 오늘날 책과 문자는 모든 특별한 가치를, 마법을, 마술을 박탈당한 것처럼 생각된다. 책은 이미 비밀이 아니며 만인의 손에 쥐어지게 되었다. 민주적인, 자유주의적인 입장에서 보면 그것은 진보이며 당연한 귀결이기는 하지만, 다른 입장에서 보면 정신의 평가 절하이며 비속화이다.

'책의 마술' 에서

시간의 흐름에 따라, 오락과 대중 교육의 요구가 새로 고
안된 다른 것으로 충족되는 예가 많아지면 많아질수록 그만
큼 책은 이전의 가치와 권위를 되찾게 될 것이다. 완전히 어
린애 같은 진보 도취자(進步陶醉者)라 하더라도 문자와 서
적이 영원한 기능을 가지고 있다는 인식은 피할 수 없을 것
이기 때문이다. 언어와 문자에 의한 형성의 전통은 인류가
역사를 가지고 자신에 관한 항구적인 자각을 가질 수 있기
위한 하나의 보조 수단으로 끝나지 않고 결국 그 유일한 수
단이라는 사실이 이해받게 될 것이다.

'책의 마술'에서

오늘날 글을 읽는 법은 누구에게나 가르치나, 그때 그럼으
로써 어느 정도 강력한 호부(護符)가 그들의 손에 쥐어진다
는 것을 눈치 채는 자는 언제나 소수이다. 소명을 받은 자는
독서 능력을 신문의 보도난이나 경제난에서 시험할 뿐이지
만, 의연히 문자와 언어의 불가사의한 기적에 매료되는 자는
소수이다. 이 소수의 사람 중에서 독서가가 태어난다.

'책의 마술'에서

한 사람의 시인을 진정으로 읽는 사람, 즉 아무것도 묻지
않고 지적인 혹은 도덕적인 결론을 기대함이 없이 시인이 주
는 것을 그대로 받아들일 마음을 갖추고 읽을 수 있는 사람
에게는 그 작품은 그 자체의 언어로 그가 바랄 수 있는 모든
해답을 준다.

'카프카 해석'에서

당신은 꽃을 바라보든지 꽃 냄새를 맡을 때 그것을 재빨리
따 버리거나 만져 보거나 현미경을 들이대고 살피며 왜 그렇
게 보이는지, 왜 그런 향기가 나는지를 알아내려고는 하지
않을 것이다. 당신은 그 꽃을, 그 색깔과 모양을, 그 향기를,
그 전 존재를 조용한 수수께끼 같은 모습 그대로 맛보려 할
것이다. 그리하여 당신은 감상에 조용히 몰입할 수 있는 정
도에 따라 꽃에 관한 경험을 쌓게 될 것이다. 당신은 시인이
쓴 책에 관해서도 꽃을 대하는 것과 같이 해야 한다.

'서간'에서

창작

시는 그 성립에 있어서 지극히 간단 명료한 것이다. 그것
은 폭발이며 절규이고 탄식, 혼이 있는 격동, 어떤 경험에
반향하려는 혹은 스스로를 인식하려는 몸부림이며 반작용
이다.

'관찰, 시에 관하여'에서

시는 오직 시인 자신을 향해서만 말한다. 그것은 시인의
절규이며, 꿈이고 몸부림이며 미소이다.

'관찰, 시에 관하여'에서

남의 시를 읽는 것만이 능사는 아니다. 누구나 자기도 서
투른 시를 쓸 수 있지 않을까? 누구나 그렇게 하면 된다. 그

러면 서투른 시를 쓰는 것이 가장 훌륭한 시를 읽는 것보다
더 큰 행복을 사람의 마음에 주는 것임을 알 것이다.

'관찰, 시에 관하여'에서

나는 이런 시인에 불과하다
나도 위대한 시인들이 하고 있듯이
마알간, 지칠 줄 모르는 날개를 타고
순수한 미의 고상한 광휘 속에서 편히
친구와 종려(棕櫚)의 영관(榮冠)을 겨루고 싶다.
하나 나는 알고 있다, 나 자신이 그런 시인이 아니라는
것을.
상냥한 태도로 관자놀이 둘레에 밝은 화환을 엮어
보고 싶은 꿈을 꾸면 저절로 노래가 될
그런 시인이 아닌 것을.

나는 이런 시인에 지나지 않는다.
때때로 멀리에서 밝은 영혼이 서먹서먹하게 스치기만
해도
영원의 미가 가까운 바다와 같이
출현한 듯이 놀라며
때로는 자신의 입술에서 무의식중에 흘러 나오는
노랫소리에 깜짝 놀라 귀를 기울여
그 모두가 자신의 노래가 아닌데도
그래도 무상의 행복을 느끼는 시인에 지나지 않는다.

쓴다는 것은 다른 모든 예술과 마찬가지로 얼핏 불가능한 일을 굳이 하려는 것이며 그 산물은 잘되었다손 치더라도 쓰는 사람이 노리고 시도한 것에 부응하지도, 그것에 가까이 가지도 못하지만, 때로는 따뜻한 방의 창문에 생긴 성에처럼 깨끗하고 싱그럽게 마음을 어루만져 줄 때도 있다. 유리창의 성에에서 우리가 읽는 것은 대조되는 온도의 마찰이 아니라 마음의 풍경이나 꿈의 숲이다.

'온천 일기'에서

시인은 자기가 전하려는 사실의 10분의 1 아니, 100분의 1도 전할 수 없다. 시인은 자신이 말하는 것이 극히 대범하게, 평범하게, 겨우 이해를 받으며 적어도 가장 중요한 점에 대해 심한 오해를 받지만 않는다면 그것으로 만족해야 한다. 그 이상의 결과를 얻는다는 것은 드문 일이다.

'관찰, 말'에서

당신이 시인이 될지 어떨지 나는 아무 말도 할 수 없습니다. 17세의 시인이란 없습니다. 오늘날에는 그 어느 때보다도 그렇게 단언할 수 있습니다. 당신이 천분을 가졌다면 그것은 타고난 것이며 어릴 때부터 지녀 온 것입니다. 그러나 이 천분에서 무엇인가가 태어날 것인지 어떤지, 당신이 입 밖에 내어 말하고 증명해야 할 그 무엇을 가지게 될지의 여부는 당신의 천분에 관한 문제에 그치지 않습니다. 그것은 당신이 자기 자신이나 인생을 진지하게 생각할 수 있는지, 성실하게 살고 재능만을 믿고 쉽사리 안주하는 유혹을 물리

칠 수 있는지의 여부에 달려 있습니다. 결국 당신이 어느 정
도 많은 행동, 희생, 헌신을 할 수 있느냐에 달려 있습니다.

'서간' 에서

　　내가 지금 종사하고 있는 그런 종류의 문학에서는 본시 이
상적인, 의지에 의존하는 근면으로 강행하여 얻을 수 있는
일이란 거의 없다. 나에게 있어서 새로운 작품은 상당한 기
간 나의 경험이나 사고의 상징이 되고 의탁할 수 있는 인물
의 모습이 눈앞에 떠오르는 순간에 비로소 태어나는 것이다.
이런 신화적인 인물(페터 카멘친트, 크눌프, 데미안, 싯다르타,
하리 하라 등)의 출현이 온갖 사물을 탄생시키는 창조적인 순
간이다. 내가 써낸 거의 모든 산문 작품은 마음의 자서전이
며, 그 어느 것도 사건이나 줄거리의 우여곡절과 긴장이 문
제가 아니라, 요컨대 그런 신화적인 인물을 세계와 자아와의
관계에서 관찰한 독백이다.

'어느 일하는 밤' 에서

　　나는 다시 저 짧으나 아름답고, 괴롭지만 가슴이 뛰는 시
기를 경험하고 있다. 그것은 하나의 작품이 위기를 넘어서는
시기이며, 그 속의 '신화적' 인 인물과 어떤 관계가 있는 온
갖 사고와 생활 감정이 가장 예리하고 명료하며 강렬하게 내
앞에 서는 시기이다. 태어나고 있는 책이 하나의 틀에 넣으
려는 소재, 경험과 사상의 전량(全量)은 이 시기에는 유동의
상태, 즉 녹아드는 상태에 있다. 지금 이 시기를 피하면 이

소재를 파악하여 형체를 줄 수 없음이 틀림없다. 지금이 아
니고는 이미 늦고 만다. 이러한 시기가 나의 어떤 책의 경우
에도 있었다. 끝내 완성시키지 못한 책, 인쇄에까지 이르지
못한 책의 경우에 있었다. 그런 경우에도 수확의 시기를 놓
쳐 나의 작품의 인물이나 문제는 서둘러 나를 떠나고 절실성
과 중요성을 잃기 시작했던 것이다. 바로 저 카멘친트나 크
눌프나 데미안이 오늘날에는 이미 나에겐 아무런 현실성도
가지지 않은 것처럼.

'어느 일하는 밤' 에서

　　문학상의 일은 크게 정신을 집중시킬 수가 있으므로 창작
충동이 강하게 긴장하고 있을 때는 외부의 방해나 소란을 충
분히 극복할 수 있는 것이다. 쾌적한 책상에 마주 앉아 가장
적당한 광선 아래에서 자기와 친숙한 문구를 써서 특수한 종
이에 쓴다는 등등, 이렇게 하지 않으면 일이 되지 않는다고
생각하는 그런 저술가는 나는 신뢰할 수가 없다.

'요양객' 에서

　　우리들 문필가에게 있어서 쓴다는 것은 언제나 심히 열중
하는 흥분되는 작업이며, 조그만 나룻배로 대양을 건너거나
단 혼자서 우주를 비행하는 그런 행위이다. 단어를 하나하나
찾아 내고 비슷한 말 중에서 하나를 골라 가면서 동시에 꾸
며 가는 문장 전체를 감정과 귀속으로 모으는 것 —— 문장
을 추고하고 선택한 구문을 이어맞추어 구성의 나사를 조이

면서 동시에 한 문장 전체, 글 전체의 분위기를 어떤 신비적
인 방법으로 항시 감정 속에 차곡차곡 보존해 가는 것, 이는
긴장으로 마음이 설레는 작업인 것이다.

'요양객' 에서

　시인에게 상업 고문관이 있어서 오늘도 일을 했느냐고 묻
습니다. 시인은 아주 정색을 하고 말합니다. "물론이지요.
오전 중에 계속해서 어제 쓴 것을 다시 한 번 살피고 마지막
문장 하나를 없앴습니다." 고문관이 다시 묻습니다. "그럼
오후에는?" 시인은 "오후에는 전체를 또 한 차례 충분히 검
토하고 앞의 문장을 그 전대로 살렸습니다" 하고 대답합니
다. 슈투트가르트의 치과 의사의 글에서 읽은 이 얘기를 나
는 한 번도 잊은 적이 없습니다.

'서간' 에서

　어떤 생애, 어떤 작품이라도 그 당사자의 이상적 요구와
비교해서 견딜 수 있는 것은 없다. 자기의 전 존재와 전 행
위의 가치, 또는 무가치를 결정하는 것은 인간이 할 일이 아
니다.

'명상, 선집에 대한 시인의 서문' 에서

　작가가 쓰지 않고는 못 견디는 것을 쓰는 것이 아니라 편
집자에게 주문받은 것을 쓰는 것은 근본적으로 잘못되었다
고 생각합니다.

'서간' 에서

정신병자를 정상이라고 할 수 있느냐 없느냐 하는 귀찮은 문제, 결국 어떤 시대나 문화의 상황하에서 모든 이상을 희생하여 시류에 순응하기보다는 정신병자가 되는 편이 존경할 만한 일, 고상한 일, 정당한 일이 아닌가 하는, 두렵고 마음을 뒤흔드는 문제가 당초 나의 모든 저서의 테마였던 것이다.

'요양객'에서

나는 두 가지 원리를 나타내는 표현을 발견하고 싶다. 나는 선율과 반대 선율이 항시 동시에 보이는 문장, 다양한 한편 항시 통일이 있고, 농담이 있는 한편 진지한 것이 기다리는 그런 문장을 쓰고 싶다. 왜냐하면 나에게 있어서 산다는 것은 세계에 있는 두 개의 극 사이를 오가는 일, 세계의 기초가 된 두 개의 기둥 사이를 왕래하는 것이기 때문이다.

'요양객'에서

나는 지금 갑자기 엄청난 깨달음으로 마음이 굳었다. 나의 소설은 소설이 아니었다. 나는 전혀 소설가가 아니었다. 그럼에도 불구하고 누구의 눈에나 분명히 소설로 보일 것을 썼다는 사실이 나의 진정한 죄이고 약점이다.

'관찰, 선집에 대한 한 소설가의 서문'에서

나의 작품 중 두셋이 그다지 인정을 받지 못하고 그릇된 평가로 일반에게 알려지는 것이 수년래 나에게는 일종의 자랑, 은밀한 기쁨이었습니다. 내가 좋아하는 작품은 나와 나의 친한 벗들의 것입니다. 그것은 나의 정원이지 공원은 아닙니다. 나는 그 정원을 홀로 산책하면 됩니다.

'서간'에서

사실상 73세가 되어서도 여전히 자기 작품이 연구서나 논문 속에 언급되고 자기 독자가 증가하며 그 독자에 대한 자기의 영향이 커지는 것을 보고 싶어한다는 것은 서글픈 일이겠지요. 내게 있어선 그런 희망은 이미 옛날에 사라졌으며 나의 저서가 도덕적인 영향 같은 것을 끼칠 수 있다는 자기 도취도 사라지고 말았습니다.

'서간'에서

나는 내 저서의 선전이나 번역에 아무 흥미도 없습니다. 내가 죽은 지 50년 후에도 세계의 어딘가에 나의 저서에 대한 관심이 남아 있다면 어느 나라에서 나의 작품 속에서 적당한 것을 뽑아 내어 자기 것으로 해도 상관없습니다. 그러나 그것이 50년이 지나서 잊혀져 버린다면 그것은 애당초 없어도 좋았을 것입니다.

'서간'에서

문학

문학은 그것이 진정으로 문학인 곳에서만, 즉 그것이 상징을 만드는 곳에서만 살아서 작용한다.

'서간'에서

문학은 그것 없이도 때울 수 있는 정신의 액세서리가 아니
다. 문학은 정신의 가장 강력한 기능의 하나다.

'서간' 에서

홀륭한, 형식적으로 가치 있는 음악이나 회화는 작자가 아
직 너무 어리더라도 제작할 수 있지만, 후세에 남을 만한, 가
치 있는 문학은 거의 예외 없이 이미 어느 정도 성숙하고 풍
부한 경험을 가진 사람에 의해서만 만들어집니다. 시인에게
있어서는 구체적으로 체득할 수 있는 기술이란 것이 없으므
로 젊은 시인에게는 문학이 일견 쉽게 보이지만 결과적으로
는 다른 예술가의 경우보다 어렵습니다.

'서간' 에서

진정한 문학은 대개 두 가지의 가치를 지니고 있습니다.
즉 대중이나 단순한 독자와 마찬가지로 소수의 상층의 지식
인도 흥분시키고 열중시키며 감격하게 합니다. 이것은 반드
시 동시에 일어나는 것이 아니며, 복잡한 새로운 기교를 가
진 문학은 때때로 대중이 그것을 읽게 되기까지에는 상당한
시간을 요했으며, 또한 교양 있고 고상한 사람들이 너무나
단순하고 천박하다고 생각했던 문학이 훗날 비로소 그 진가
가 발견된 일도 있습니다. 결극 교양인이란 다만 교양이 있
다는 뜻일 뿐이며 결코 일반 대중보다 현명할 까닭이 없습
니다.

'서간' 에서

문학이 갖는 근본적인 가치, 즉 그 언어의 힘에 대해서는
언어학적 또는 미학적인 분석과 판단의 기준을 가진 사람들
보다도 대중의 판단이 더한층 정확하고 착오가 없습니다. 특
히 부정적인 판단을 내릴 때는 지적인 사람보다는 대중으로
부터의 비판이 일층 통절하게 느껴지는 것입니다.

'서간'에서

괴테의 시대에도 오락 서적은 많이 있었고 또 그만큼 많이
읽혔었다. 오늘날에도 마찬가지이다. 오락 서적은 읽히고 많
이 비평된다. 독자에게서도, 비평가에게서도 진지하게 받아
들여지지는 않으나 그 요구는 정당한 것이다. 사람들은 통속
작가나 그 비평가의 작품도 읽기 위해 돈을 지불한다. 사람
들은 그것을 읽고 곧 잊어버리고 만다. 한편 진정한 문학은
영원을 위해 쓰여진다고 생각된다. 그러므로 이에 관심을 기
울일 의무가 있다고는 생각하지 않는다.

'좋은 평론가와 나쁜 평론가'에서

어떤 시대에도 그 시대의 정치·이상·분위기가 없을 수
없듯이 문학에도 역시 그 시대의 문학이 없을 수 없다.

'뉘른베르크 기행'에서

문예 작품은 세계사의 가장 찬란한 소재를 취급해도 전혀
가치 없는 것일 수도 있으며, 없어진 바늘이나 눌어붙은 수프
같은, 시시한 것을 다루고 있어도 진정한 문학일 수가 있다.

'어떤 소설을 읽고'에서

시나 소설에서 그 내용으로 하는 사상·경향·교육적인 것, 교화적인 것만을 추출하는 것으로 만족하는 자는 극히 소소한 것으로 만족하며 예술 작품이 가진 비밀, 본질적인 것은 간과하고 있는 것이다.

'카프카 해석'에서

모든 문예 작품은 단순히 내용만으로 성립되는 것이 아니다. 내용은 상대적으로는 오히려 중요하지 않으며 저자의 의도 같은 것도 마찬가지로 중요하지 않다. 우리들 예술가에게 있어서 긴요한 것은 의도나 의견이나 사상을 계기로, 언어를 재료로 하며, 언어라는 실로 짜여진 작품이 제대로 만들어졌는지 어떤지 하는 것이다. 따라서 그 측량할 수 없는 가치는 측량할 수 있는 내용의 가치보다 훨씬 높은 것이다.

'온천 수기'에서

문학 작품을 해석하는 것은 하나의 지적인 유희, 때론 더 없이 재미있는 유희여서 예술과는 인연이 멀지만 현명한 사람들에게는 나쁘지 않은 것이다. 하지만 그런 사람은 흑인의 조각이나 12음계 음악에 관한 책은 읽고 쓸 수도 있지만, 예술 작품의 내부에 들어가는 길은 찾을 수 없다. 그들은 문 앞에 서서 여러 가지 열쇠로 열려고 하지만 실은 문이 열려 있다는 사실을 전혀 모르고 있다.

'카프카 해석'에서

현명해지는 것, 그럴듯하게 말하는 것과 문학과는 아무런
관계도 없다.

'서간'에서

당신이 호소하고, 당신이 읽으며, 당신이 사랑하고 혹은
탄핵하는 저 헤세는 당신 자아의 한 모습입니다. 헤세는 당
신의 거울입니다. 그러므로 당신이 그에게 호소하는 것은 가
령 좋은 일이든 나쁜 일이든 당신 자신에게 호소해야 할 것
입니다.

'서간'에서

지금까지의 문학에 있어서 전문가나 식자(識者)는 '극
(劇)'을 가장 높이 평가하고 있는데, 그것은 정당한 일이다.
왜냐하면 극에는 자아를 다원적으로 표현할 수 있는 가능성
이 가장 많기 (또는 많은 것으로 생각되기) 때문이다.

'황야의 이리'에서

파우스트에 있어서는 파우스트나 기타 모든 인물이 서로
모여서 하나의 통일체, 즉 하나의 초개인을 이룬다. 그리하
여 개개의 인물 중에서가 아니라 이보다 고차원의 통일체 속
에 비로소 혼의 본질이 암시되고 있다.

'황야의 이리'에서

우리가 도스토예프스키를 읽어야 할 때는 우리가 비참하게
되었을 때이다. 우리가 견딜 수 있는 데까지 괴로워하여 그 괴

로움이 생의 일체를 태울 하나의 상처라고 느낄 때이다. 우리
가 절망을 호흡하고 희망의 빛을 완전히 간과했을 때이다. 그
리하여 우리가 이 참담함 속에서 의연히 생의 모습을 응시하
고 그 격렬하고도 아름다운 잔혹성에 압도되어 이미 생의 의
미를 파악할 수도 없고 생의 무엇과도 관계를 가지지 않으려
할 때, 바로 이때 우리의 귀는 이 두렵고도 희한한 시인의 음
악에 마음의 문을 연다. 바로 이때 우리는 이미 관중이 아니며
이미 애독자도 비평가도 아니다. 이때 우리는 그의 작품 속의
가련한 인간들의 형제이며 그들의 번민을 괴로워하고 그들과
함께 구석에 몰려 헐떡이면서 생의 회오리바람과 죽음의 영원
한 만가(輓歌)를 듣는다. 그리하여 동시에 도스토예프스키의
음악, 그의 위로, 그의 사랑에 귀를 기울이고, 비로소 저 오싹
한, 때로 지옥의 모습으로도 보이는 그 세계의 불가사의한 의
미를 체득한다.

'도스토예프스키에 대하여' 에서

　유럽의 청년, 특히 독일 청년들이 그들의 위대한 작가라고
생각하고 있는 것은 괴테도 아니고 니체도 아니며 바로 도스
토예프스키라는 사실이 나에게는 우리들 유럽인의 운명에
대해 결정격인 의미를 가진다고 생각된다.

'관찰, 유럽의 몰락' 에서

　과도기의 문학, 문제성을 띠고 불안정하게 된 문학은 그
자체의 궁상(窮相)과 그 시대의 궁상을 고백적으로, 가능한
한 솔직히 밝히는 데 그 가치가 있다.

'뉘른베르크 기행' 에서

우리들 현대인의 저작의 가치는 그 속에 현대와 먼 장래를 위한 하나의 형식, 하나의 스타일, 하나의 고전이 생길 가능성이 있다는 사실에 있지 않고, 우리가 곤궁의 한복판에서 가능한 한 솔직성을 구하는 것 외에 달리 도피할 길은 없다는 사실에 있다. 솔직하다는 것, 고백한다는 것, 최종적으로 자신을 내던지려는 요구와 어릴 때부터 친숙해진 아름다운 표현에 대한 요구 —— 이 두 가지 요구 사이에서 나의 세대의 모든 문학은 절망적으로 동요하고 있는 것이다.

'뉘른베르크 기행' 에서

현대의 독일 문학은 일시적인 것, 절망적인 것이며, 잘 가꾸어지지 않은 메마른 땅에서 자란 묘(苗)이며, 흥미도 있고 문제성도 가득하나 원숙하고 충실하며 오래 보관할 수 있는 결실을 맺을 능력이 부족하다는 확신을 나는 버릴 수가 없다.

'뉘른베르크 기행' 에서

현대의 독일 문학은 백년 이래 소설이 아닌 소설과 소설가가 아닌데도 소설가인 듯이 거동하는 시인들로 가득 차 있다.

'관찰, 선집에 대한 한 시인의 서문' 에서

나는 결코 영화를 '악마의 장난' 이라고는 생각하지 않으며, 영화가 문학이나 저작물과 경쟁하는 데 조금도 반대하지 않습니다. 그러나 순수하게 생각해 낸 영화와 기성의 문학 작품을 자기 것으로 하고 자기의 목적에 이용한 영화와는 상당한 차이가 있습니다. 전자는 진정한, 정당한 업적이지만 후자는 표절이며 아무리 그럴듯하게 말해도 차용한 데 지나지 않습니다. 순수하게 문학의 수단으로, 즉 순수하게 언어로 일하는 문학 작품은 내 생각으로는 '자료'로서 사용되거나 별다른 수단을 가지는 색다른 예술에 의해 도용당해서는 안 됩니다. 그것은 어떤 경우에도 모욕이며 만행입니다. 가령 《죄와 벌》이나 《보바리 부인》이나 《녹색의 하인리히》 등의 문학 작품을 영화화하면 아무리 취향을 집중시켜 훌륭하게 만들어도, 최대의 도덕적 책임감을 가졌다 해도 그 작품이 가진 진정한, 가장 깊은 가치는 손상될 것이며 가장 좋게 말해서 기껏해야 이들 작품을 에스페란토어로 번역한 정도의 성과밖에 얻을 수 없을 것입니다.

'서간'에서

　창작과 영화 제작이 완전히 동일한 것이라든지 혹은 많은 공통점을 가지고 있다고 말하는 것조차도 하나의 오류이다. 나는 이런 경우, 결코 시인 편을 들 생각은 없다. 그것은 내 기분과는 더없이 거리가 멀다. 그러나 언어와 문자를 사용하여 기술함으로써 이야기하는 것과, 그 이야기를 사람들을 세워 놓고 촬영함으로써 이야기하는 것은 완전히 그리고 근본적으로 다르다. 사진이 회화에 손해를 주지 않았던 것처럼 영화도 문학에는 직접 손해를 끼치지 않을 것이다.

'책의 마술'에서

문학과 언어　243

시인

시인은 주변 세계의 양심의 상태를 읽을 수 있는 지침이며 지진계(地震計)입니다.

'서간'에서

시인에게 있어서 무엇인가를 사랑한다는 것은 그것을 자신의 공상 속으로 끌어들이고, 그것을 공상 속에 품어 따뜻이 하고, 그것을 만지작거리며, 그것으로 자신의 혼을 구석구석까지 물들이고 자신의 숨결을 불어넣어 그것에 생명을 부여하는 것을 뜻한다.

'요양객'에서

시인의 작업은 이런저런 것이 의미 있고 중요하다는 것 등을 결정하는 것이 아니다. 후세의 독자를 위해 후견인이 되어 혼돈된 세계 속에서 가치 있는 것, 진정으로 중요한 것만을 선택하여 후세에 전하는 것도 아니다. 아니, 그 반대이다. 시인의 작업은 당연히 모든 세세한 것 속에 영원하고도 위대한 것이 존재함을 알고, 신은 어디에나, 온갖 사물 속에 있다는 이 지(知), 이 보(寶)를 거듭 되풀이하여 해명하고 전하는 것이다.

'빌헬름 셰퍼의 한 주제의 변주곡'에서

나의 사명은 객관적으로 최선의 것을 주는 것이 아니라, 나의 것(번민이든 탄식이든)을 가능한 한 순수하게, 성실하게 주는 것이다.

'서간'에서

시인의 임무는, 적어도 나와 같은 정도의 시인의 임무는 이상적이고 허구이며, 완전하고 모험적인 자세를 고안하여 이를 교화의 수단으로서 모방하게끔 독자 앞에 제시하는 것은 결코 아니다. 시인은 순수한 공상 체험도 포함하여 자신이 체험하여 얻은 바를 더없는 엄격성과 충실성으로 표현하기 위해 노력해야 한다(고 하기보다는 오히려 그렇게밖에는 달리 할 수 없으므로 그렇게 할 수밖에 없는 것이다).

'서간'에서

나는 일반 사람들이나 나 자신의 생활 속에 있는 무수한 심연을 은폐하든가 그것이 무해하다고 생각하게끔 만드는 것이 나의 임무라고는 생각지 않습니다. 나는 인간의 숙명이 지닌 번민과 고통을 오늘날 우리 앞에 펼쳐진 그대로 인정하고, 그것을 언어로 표현하며, 그리하여 함께 번민하는 것이 나의 임무라고 느끼고 있습니다.

'서간'에서

시인이 주는 올바른 영향이란, 어떤 소수의 독자가 시인의 책을 잠시 사랑하다가 곧 그것을 던져 버리지만, 그러나 그들의 생활은 그로 인해 어떤 변화, 강화, 정화를 경험하리라는 것이다.

'서간'에서

내가 마음속으로 생각하고 있는 시인은 지상의 의미 있는 것과 의미 없는 것을 구별하는 역할을 하고 있지 않다. 내가 생각하고 있는 시인이란 그 반대로, '의미'라는 것은 단순히 단어에 지나지 않는다는 것, 따라서 지상의 어떠한 것에도 의미가 없거나 또는 모든 것에 의미가 있다는 것, 진지하게 생각하지 않으면 안 되는 것도 없고 진지하게 생각해서는 안 되는 것도 없다는 것을 나타내는 역할, 그런 신성한 역할을 하고 있는 것이다.

'빌헬름 셰퍼의 한 주제의 변주곡'에서

나는 시인이고 탐구자이며 고백자입니다. 나는 진리와 성실에 종사해야 합니다(그리고 아름다움 또한 진리에 속합니다. 아름다움은 진리의 하나의 표현 형식인 것입니다). 나는 사소하고 제약된 것이기는 하지만 하나의 사명을 가지고 있습니다. 즉 나는 다른 탐구자들이 세계를 이해하고 견디어 가도록 도와야 합니다. 가령 그것이 그들에게 그들이 고독하지 않다고 하는 위안을 주는 것뿐이라고 할지라도.

'서간'에서

　　결국 우리 시인들은 얼마나 행복한 것일까요. 수많은 층이 있는 다양한 세계와 자신의 관계를 시로서 표현하려고 하는 자는 단순히 지적인 방법으로 그것을 표현하려는 자보다 훨씬 적당한 방법을 가지고 있는 것입니다.

'헤세–롤랑 왕복 서간' 에서

　　물고기와 새와 원숭이의 단계에서 현대의 무력(武力)을 이용하는 동물로서의 인간에 이르기까지, 우리가 언젠가는 참된 인간이나 신이 되려고 나아간 그 오랜 여정을 한 걸음 한 걸음 전진시켜 온 것은 '정상인' 이 아니었다. 정상인은 보수적이어서 언제나 건전하고 안심이 되는 것에만 매달렸었다. 정상적인 도마뱀은 결코 시험 삼아 날아 보려는 따위의 생각은 하지 않았다. 정상적인 원숭이는 나무를 떠나서 지상을 직립해서 걸어 보겠다는 따위는 생각하지 않았다. 그것을 처음으로 행한 자, 처음으로 시도한 자, 처음으로 꿈꾼 자는 원숭이 중에서 공상가이고 시인이고 개척자이지만 정상인은 아니었던 것이다.

'관찰, 생각나는 대로' 에서

　　시인의 허영심은 보통 사상가적인 소질을 지닌 인간에게서 예기되는 것보다 크다. 그러나 사상가의 재능과 허영심은 서로 반발한다는 견해는 아주 잘못이다. 실은 바로 그 반대여서 정신적인 인간만큼 허영심을 갖고 반향과 박수에 집착하는 사람은 없는 것이다.

'뉘른베르크 기행' 에서

살아 있으면서 그 직업의 재능이 뛰어난 자는 언제 보아도
즐거운데, 그런 자는 흔하지 않다. 이를테면 살아 있는 정원
사, 살아 있는 의사, 살아 있는 교육자, 그 이상으로 희귀한
것이 살아 있는 시인이다. 살아 있는 시인은 가령 천부의 재
능에 걸맞지 않게 보이더라도, 또 자기 재능에 만족해서 재
능을 처음의 작품으로 결실시키는 충실함도 용기도 인내도
근면도 나타내는 일이 없더라도 —— 언제나 사람을 매혹시
키고, 언제나 자연의 총아이며, 근면도 충실한 일도 선량한
인품도 대신할 수가 없을 그런 천품을 지니고 있는 것이다.

'좋은 평론가와 나쁜 평론가'에서

단 한 사람의 인물을 그리는 일도, 단 하나의 인간의 상황
을 명확하게 나타내는 일도 못하는 가장 우열한 시인조차도
그가 생각해 보지도 않은 하나의 일만은 언제나 잘해 낼 수
있을 것이다. 즉 그는 그 작품 속에서 언제나 자기 자신을 폭
로하리라.

'좋은 평론가와 나쁜 평론가'에서

참된 문예 작품의 저자에게 '오히려 다른 소재를 택하시
는 편이 낫지 않았을까요?' 하고 묻는 것은, 의사가 폐렴 환
자에게 '오히려 감기가 들었으면 좋았을 것을' 하고 말하는
것과 똑같다.

'좋은 평론가와 나쁜 평론가'에서

시인이라는 것은 냉정하게 본다면 일반 대중에게는 없어도 좋은, 희귀한 예외인 것처럼 보이지만, 평론가는 저널리즘이 발달한 결과로 공적인 생활의 불가결한 요소, 하나의 직업, 평상시의 기구로 되었다. 문예 작품에 대한 수요, 문학에 대한 요구가 있건 없건 비평에 대한 수요는 실제로 존재하는 것처럼 보인다. 사회는 전문가로서 시사 문제의 지적인 파악을 떠맡아 줄 기관을 필요로 한다.

'좋은 평론가와 나쁜 평론가'에서

좋은 평론가는 강한 개성을 지니고 자기라는 것을 날카롭게 표현한다. 그래서 독자는 자기가 지금 어떤 사람의 것을 읽고 있는가, 자기 눈에 들어온 빛이 어떤 종류의 렌즈를 통해 왔는가를 분명하게 알고 또한 느낀다. 그래서 천재적인 비평가가 천재적인 시인을 평생 거부하고 경멸하고 공격하는 것이 가능한 것이다. 그러나 그런 경우에도 그가 시인에게 반응하는 그 방법에서 시인의 본질에 대한 올바른 관념을 얻을 수 있는 것이다.

'좋은 평론가와 나쁜 평론가'에서

비평에 있어서의 최고의 찬사나 가장 격렬한 비난이라도 그것이 우리에게는 보이지 않고 자기를 나타낼 줄 모르는, 존재하지 않는 것이나 마찬가지인 누군가에 의해서 발해진 경우에는 아무 효과도 없다.

'좋은 평론가와 나쁜 평론가'에서

　역량이 있는 평론가에 의해서 판정되고 진단된 것은 명의의 진찰을 받은 것과 같은 것이다. 사기꾼의 요설을 듣는 것과는 전혀 다르다. 놀라는 경우도 있고 감정이 상하는 경우도 있으리라. 그러나 죽음을 선고받은 경우에라도 자기가 진지하게 받아들여졌음을 알고 있는 것이다. 그리고 죽음의 선고는 마음속 깊숙이에서는 결코 전면적으로 믿는 일은 없는 것이다.

'좋은 평론가와 나쁜 평론가' 에서

1877년　7월 2일 남부 독일 칼브에서 출생함.

1893년　칸슈타르 고교를 중퇴함.

1895년　서점 견습 점원이 됨.

1899년　바젤로 이사함. 처녀시집인 《낭만적인 노래》(Romantische Lieder)발간.

1901년　시문집 《헤르만 라우셔》(Hermann Lauscher)를 내어 시인 부세의 주목을 끎.

1902년　《시집》(Gedichte)을 어머니에게 헌정했으나, 어머니는 출판 직전에 별세함.

1904년　장편소설 《페터 카멘친트》(Peter Camenzind)로써 일약 인기 작가가 됨. 9살 위의 피아니스트 마리아 베르노울리와 결혼함.

1905년　《수레바퀴 아래서》(Unterm Rad) 발표.

1907년　소설집 《이 세상 이야기》(Diessits) 발간.

1908년　《이웃사람》(Nachbarn) 발간.

1910년　《게르트루트》(Gertrud) 발간. 방랑벽이 심한 그와 피아니스트인 예술가 아내와의 불화로 인도 지방으로 여행함. 귀국 후엔 스위스 수도로 이주함.

1911년　시집 《도상》(途上, Unterwegs) 발간.

1912년　《우로》(迂路, Umwege) 발간.

1914년 《로스할데》(Rosshalde)를 씀. 이 작품에 그려진 예
       술가의 결혼 생활의 파국은 마침내 헤세 자신의
       현실이 되었다. 제1차 세계대전 때 반전주의자로
       지목받아 국적을 스위스로 옮겼으며, 같은 입장
       에 있었던 R. 롤랑과 친교를 맺음.

1919년 《데미안》(Demian) 발간.

1922년 《싯다르타》(Siddhartha)와 《내면에의 길》(Weg nach
       Innen)에서 불교적 해탈의 비밀을 추구하였음.

1927년 《황야의 이리》(Der Steppenwolf) 발표. 이 작품은
       내외의 분열과 고뇌를 그린 《데미안》과 주제면에서
       일관되어 있음.

1928년 에세이집 《관찰》(Betrachtungen) 발간.

1929년 시집 《밤의 위안》(Trost der Nacht) 발간.

1930년 스위스에 살면서 《나르치스와 골드문트》(Narziss
       und Goldmund)를 발표.

1933년 소설집 《작은 세계》(Kleine Welt) 발간.

1942년 《시집》(Die Gedichte) 발간.

1943년 대작 《유리알 유희》(Das Glasperlenspiel) 발표.

1945년 시선집 《꽃 피는 가지》(Der Blütenzweig) 발간.

1946년 괴테상과 노벨상 수상. 《전쟁과 평화》(Krieg und
       Freiden) 발간.

1951년 《만년의 산문》(Späta) 발간.

1955년 《악마를 부름》(Beschworungen) 발간.

1962년 8월 9일 사망함.

■ 옮긴이 소개

고려대학교 철학과 졸업.
독일 뮌헨 대학에서 수학.
번역문학가, 한국번역가협회 회원.
역서:《인생이란 무엇인가》(범우사),《소유냐 존재냐》(범우
    사),《토인비와의 대화》(범우사),《니체의 고독한 방황》
    (범우사) 등이 있음.

헤세의 명언   값 6,000원

1984년 6월 20일   초판   1쇄 발행
1989년 11월 20일   초판   6쇄 발행
1999년 11월 25일   2판   1쇄 발행

        지은이   헤르만   헤세
        옮긴이   최   혁   순
        펴낸이   윤   형   두
        펴낸데   범   우   사

        등 록   1966. 8. 3.   제 10-39호
        121-130 서울시 마포구 구수동 21-1호
        전 화 717-2121 · 2122/FAX 717-0429

* 파본은 교환해 드립니다.   교정 · 편집/조윤정 · 김지선
ISBN 89-08-03279-5 04850   (홈페이지) http://www.bumwoosa.co.kr
      89-08-03202-9 (세트)   (E-mail) bumwoosa@chollian.net